女

剣客相談人2

森詠

時代小説

二見時代小説文庫

目次

狐憑きの女――剣客相談人2

第一話　狐憑《つ》きの女

一

季節は夏から秋に変わり、貧乏長屋の裏手の柿の葉が黄色くなりはじめていた。

長屋の殿様、若月丹波守清胤《わかつきたんばのかみきよつぐ》改め大館文史郎《おおだてぶんしろう》と、爺《じい》の篠塚左衛門《しのづかさえもん》は、那須川藩《なすがわはん》を出奔して半年が経ち、いまではすっかり貧乏長屋の暮らしにもなじんでいる。

なんといっても、住めば都である。

はじめは部屋が狭くて壁が薄く、隣の夫婦喧嘩や話し声、赤ん坊の泣き声や夫婦の睦言《むつごと》までがよく聞こえる暮らしに戸惑ったものの、いつの間にか、それらに慣れ、まったく気にならなくなった。

しかし、商売の方はといえば、やはり武士の商法である。

「剣客《けんかく》相談人」の看板を掲げてみたものの、お金になる相談は、その後何も入って来ず、事実上開店休業の状態だった。

いよいよ貯えも底を尽き、文史郎、爺の左衛門、大門甚兵衛《だいもんじんべえ》の三人とも、その日暮らしに陥っている。

長屋の隣近所のかみさんたちの親切で、とりあえず朝晩の食事はなんとか食べさせてもらっているが、そういつまでも、長屋のかみさんたちのお情けに縋《すが》っているわけにはいかない。

爺の左衛門は毎日、呉服屋の清藤《きよふじ》に通い、口入れ屋を兼ねる店主の権兵衛《ごんべえ》に無理をいって、雑用を手伝い、わずかばかりだが日銭を稼いでいる。

大喰らいの大門甚兵衛は、ひもじい思いに耐え兼ねて、口入れ屋に頼み込み、日雇いの普請工事の土方やら、船荷の積み降ろしをする船人夫で食いつないでいる。一応、武士は人夫仕事についてはいけない、という幕府の御法度《ごはっと》があるが、背に腹はかえられない。

大門は腰の物は差さず、汚い手拭いを頬被りして武士であることを隠し、大きな軀《からだ》を丸めて、いそいそとどこかへ出かけて行き、土方仕事にも励んでいる。

大門は一日ぶらぶらして遊んでいるよりも、軀を使う仕事が好きらしい。口で辛《つら》い辛いとこぼしてはいるが、結構肉体労働をするのが楽しそうだった。大門いわく、軀を鍛えることにもなる。

文史郎は大門といっしょに人夫をしたい、と口入れ屋の権兵衛に申し入れたところ、土方人夫は見かけはもちろん、かなりきつい仕事で、とても「殿様」向きの仕事ではない、と断られてしまった。

いまに、必ず剣客相談人にふさわしい依頼が入ってくるから、待てというのだ。呉服屋清藤の権兵衛は、そういって、当座の食い扶持《ぶち》として一分《いちぶ》をくれたが、文史郎は心苦しかった。

仕事らしい仕事をしていないで、口入れ屋の権兵衛に捨て扶持をせびりに行っているようで、武士として面目《めんぼく》が立たない。

仕事をしたいというのに、仕事をさせてもらえないというのは辛い。まるで、自分が世間から相手にされず、爪弾きされている気分すらする。

爺は、今日も何か、お金になる相談事は入っていないかと、口入れ屋の権兵衛のところへ出かけたが、そのまま帰って来ない。

きっと清藤の店先で、茶でも飲みながら、依頼が転がり込んでくるのを待っているのだろう。

文史郎は長屋に居ても何もすることがないので、釣り竿を肩に大川端に出かけた。いつもの船着き場の傍らで川面に釣り糸を垂れて魚がかかるのを待った。

一尾でも釣れれば、夕食の足しになる。何尾も獲れれば、日ごろ世話になっている長屋のおかみたちに分けてあげることができる。もっとも、残念ながら、これまで、一度として、そんな釣果はなかったが。

釣り場にはやはり暇を持て余したらしい、隠居老人たちが思い思いに川端に居並び、腰を下ろして糸を垂れている。

いずれの釣り人の浮きもぴくりとも動かない。

文史郎はつらつらと考えた。

――相談人以外にも、わしら三人で何かやれることはないのか？

三人にできる特技といったら、結局、剣しかない。剣の腕を売りに出して、どこかの藩に仕官しようにも、爺と大門はともかく、自分は元藩主の身である。とても仕官を望むことはできない。

それにこの不景気の世の中である。どこの馬の骨とも分からぬ怪しい三人に、仕官の口があるはずがない。

文史郎としても、物の売り買いを扱う商売をやろうとは思わない。ただ、剣の腕を持て余しているのだから、せめてそれを世の中に役立てたい。

それには、いま江戸に流行《はや》りの道場でも開いたらどうか、と思っていた。

爺の左衛門に相談したところ、言下《げんか》にいわく、

「殿、道場もいまや商売です。これだけ巷《ちまた》に道場が氾濫している昨今、いま新たに道場を開いても、どうせ殿様商売になりましょう。門弟も、それほど集まりますまい。昔の賢人がいっております。下手な考え、休むに似たり」

爺も、最近、結構いいたいことをいうようになったものだ。ひょっとして耄碌《もうろく》が進んでいるのではなかろうか。

文史郎は爺の反応を見て、それ以上、話をするのも億《おっくう》になってしまった。

春のような暖かい太陽に照らされて、ついつい眠気に誘われる。風がないので、座っているだけで汗ばんでくるような陽気だった。

近くに座った、どこかの隠居らしい釣り人は竿を手にしたまま、器用にこっくりこっくりと船を漕いでいる。

大川には、荷物を満載した上荷船《うわにぶね》や茶船《ちゃぶね》が忙しそうに往来している。

いまごろ、在所の那須川藩領内では、百姓農民たちが、たわわにしなった稲穂の取り入れで猫の手も借りたいほど忙しいことだろうに。

目を瞑《つむ》ると、黄金色の稲田が拡がる光景が目に浮かぶ。男も女も老人も子供も村人総出で稲刈りをする。

あのころは、まさか、こんな長屋生活が始まるとは、つゆ思わず、馬を走らせ、領内の村々を巡っては、百姓農民を激励していたものだった。

文史郎はふと首筋にむずむずと虫が這うような違和感を覚えた。どこからか視線があたっている。それも刺すように鋭い視線だ。

文史郎はゆっくりと背後を振り向いた。

大川端の通りには、大勢の通行人が行き来していた。商人や職人といった町人、飴売りや油売りの行商人、どこかの藩邸の武家や中間《ちゅうげん》、女中のお供を連れた町家の娘や母親、小者や女中を伴った武家の婦人など、さまざまな人が歩いている。

刺すような視線はすぐに消えた。通行人の誰も文史郎のことなどまったく気にしないで先を急いでいる。

——気のせいか？

文史郎は釣り竿を引き上げた。長屋の厠《かわや》近くの土にいたミミズを餌《えさ》にしたのが、ミミズは白くふやけたものの、まったく無傷でぶら下がっていた。

魚も、昼日中、釣り糸を垂らす暇人《ひまじん》に付き合うほど暇はないというのか。

文史郎は糸を引き寄せ、ふやけたミミズを外して川に投げ入れた。餌箱から新しいミミズを取り出し、釣針に刺して、また川の淀みに放り込んだ。

また首筋に刺すような視線を感じた。今度の視線には、悪意が感じられる。

視線は右斜め後ろから来る。文史郎はおおよその見当をつけ、くるりと振り向いた。

一瞬早く視線は消え去った。

気のせいではない。確かに誰か自分を見ている者がいた。

視線を感じた方角には、茶屋があり、その店先に並んだ縁台に七、八人の人影があった。

町人の母親と子、女中を連れた町家の娘、旅姿の武家、鳶《とび》職人風の男が二人。だが、いずれも、文史郎の方を見つめていた様子はない。すると茶屋の中にいる客か？

しかし、いくら目を凝《こ》らしても、怪しい人影は見当たらなかった。

茶屋をじろじろと見ているうちに、通りの先から急いでこちらへやって来る左衛門の姿が目に入った。

――ほほう、何か仕事が見つかったというのか。それとも、釣果を確かめに来おったか。まだ一尾も釣れておらんというのに。

文史郎はまた釣り糸の浮きに目を戻した。浮きは川面に立つ細波《さざなみ》に、ゆらゆらと揺れている。風が少し出て来たらしい。

「莫迦《ばか》隠居様あ」

左衛門の呼ぶ声が聞こえた。

――なにい、莫迦隠居?

振り向くと、爺が盛んに手を振りながらやって来る。

「若隠居様……若隠居様あ」

――なんだ、空耳《そらみみ》か。

爺は、はあはあと息を切らせながら、文史郎の傍にしゃがみ込んだ。

「爺、その若隠居と呼ぶのはやめてくれんかな。どうも気色《きしょく》が悪い」

「とはいえ、殿は若隠居であられることにはお変わりないと……」

「爺、わしらは脱藩したのだぞ。もはや、殿も若隠居もなかろう。それがしは、天下の素浪人、大館文史郎だ」

「爺にとっては、殿は殿でござる。そんなことより、文史郎様」

爺はようやく息を整えて立った。

「口入れ屋の権兵衛から、ようやく相談事を一件、紹介されましたぞ」

「おうおう。それはよかった。このところ、商売上がったりで、実入りがまったくなかったからのう」

喜んだとたん、文史郎は釣り竿に軽く当たりがあるのに気づいた。

「殿、引いてますぞ」

――これはツいている。ツキが回って来たらしい。

「でかいぞ」

「そうでございますか」

爺は疑り深そうに水面の魚影を探した。浮きがひくひくと水面に隠れようとしている。

文史郎は当たりに合わせて、釣り竿を引いた。

かかった。魚ががっしりと餌を銜《くわ》え込んだのだ。

「よおし、大物だ。爺、期待していいぞ。今夜は大ご馳走間違いなしだ」

釣り竿がしなっていた。引きも強い。

「よしよし。いい子だ。そのままそのまま」

文史郎は竿を上げようとした。その瞬間、不意に手応えが消えた。

しなっていた釣り竿が弾《はじ》けて元に戻った。慌てて竿を引き上げると、釣り糸は切られ、餌ごと釣針を奪われていた。

川面に大きな黒い魚影がゆらりと動いたように見えた。

「……爺、見たか？　見たろうな」

「殿、いったい何をですか？」

「何をって、逃げた魚を。でかい魚だったろう。おそらく、スズキか何かだと思うがのう。三尺はあったな」

文史郎は両手を大きく広げ、魚影の大きさを表わした。

「……殿、釣り逃がした魚は大きいと申しますからな」

爺は猜疑《さいぎ》に満ちた目で文史郎を見た。

まったく信じていない顔だ。文史郎はあきらめて、三尺に広げた手を二尺ほどに縮めた。

爺は首を傾げ、両手を二寸ほどにすぼめた。

「いや、これぐらいでは？」

「…………」

文史郎は爺を無視した。釣り糸をたぐり寄せ、片づけながら、不機嫌な声で訊いた。

「爺、で、その依頼の内容はいったい何なのだ？」

「狐が憑いた女を助けてほしいというのです」

文史郎は思わず釣り道具を片づける手を止め、まじまじと爺を見た。

「狐が憑いた女を？」

「はい。狐憑きの女です」

爺は屈託《くったく》のない笑顔でいった。

二

呉服屋清藤の店先《たなさき》は、大勢の客で賑わっていた。

文史郎と爺の左衛門は店の奥に通されたものの、いつまで経っても、主人の権兵衛は現れなかった。

文史郎は腕組みをし、女中が用意した不味《まず》い茶を啜《すす》った。

呉服の商売は、かなり繁昌している様子だった。店先から武家の奥方やら奥女中たちの華やいだ笑い声に混じり、応対する権兵衛や番頭のお追従《ついしょう》笑いが聞こえた。

文史郎は店先の帳場に目をやった。権兵衛は店先で客と話し込んでいる。

まだしばらく権兵衛は来そうにない。

「殿、いましばらくの御辛抱を」

「爺、それがしたちは医者でも神主でもないぞ。どうやって狐憑きの女を治せというのだ？　依頼する先が間違っているのではないかのう？」

「爺も、そのことは権兵衛殿にいったのですが、権兵衛殿は依頼人からすでに仕事を引き受けてしまった様子なのです」

「そんなことをいわれてもなあ」

文史郎は煙管《きせる》の頭を火種に近づけ、すぱすぱと莨《たばこ》を吸った。

ようやく廊下を慌ただしく歩く足音が立った。やがて、店先から背の高い権兵衛があたふたと姿を現した。

権兵衛は、痩せて狐を思わせる顔をしている。狐憑きといえば、よほど権兵衛の方が似つかわしいと、文史郎は心の中で思った。

「これはこれは文史郎様、左衛門様、大門様、わざわざ皆様をお呼びたていたしまして、まことに恐縮に存じます」

権兵衛は唇を歪め、上がり框《かまち》に座った文史郎の前に座蒲団を敷いて自ら座った。

文史郎が念を押した。

「御主人、今度の依頼は狐の憑いた女を救ってほしい、ということだが、それがしたちは……」

「分かっております。医者でも神主でもないとおっしゃるのでしょう?」

「うむ」

「今度の依頼は、医者や神主でなくても、一向《いっこう》にかまわないのです」

「あ、そう」

——どうなっているのだ? 文史郎は爺の顔を見た。爺は頭を傾げ、肩を竦《すく》めた。爺もよく知らないらしい。

「最近、江戸市中には、狐に憑かれた男や女が多うござんしてねえ。どこそこのお札を戴《いただ》けば、憑いた狐は退散するとか、巫女《みこ》の誰某に加持祈禱《かじきとう》してもらえば、悪狐も悪霊も退散するとか、いろいろあるんでございますよ」

「………」

「実は狐憑きになった娘というのは、同業者の呉服店筧屋《かけいや》さんの一人娘でして、名はお多栄《たえ》さん。そのお多栄さんは、しばらく前から行儀作法を習うため、さる大名の屋敷に上がっていたのですが、久しぶりに屋敷から下がり、家へ帰って来たと思ったら、なんと狐が憑いていたのです」

「ほほう」

「お屋敷からは、娘を早く屋敷へ戻せと催促が来るらしいのですが、筧屋さんとしては狐憑きの娘を帰すわけにいかない」

「ふむ」

「そこで、筧屋の主人の伴兵衛《ばんべえ》さんは、いま狐下ろしでは江戸で最も評判のいい『能《の》勢《せ》の黒札』で、娘に憑いた狐を下ろしてもらおうと、能勢様の屋敷にお多栄さんを連れて行こうとしたらしいのです」

「なるほど」

「ところが、その前日、忽然とお多栄さんが消えてしまったのです。まるで神隠しにでも遇ったかのように」

「狐憑きの上に、今度は神隠しだと申すのか?」

「そうなんです。何があったのか分からないが、お多栄さんは、もしかして誰かに攫《さら》われたのかもしれない。あるいは、お多栄さんに憑いた狐が『能勢の黒札』を恐れて、お多栄さんを連れて家を出てしまったのかもしれない。ともあれ、消えたお多栄さんを捜し出して、なんとか連れ戻してもらいたい、というのが筧屋さんの依頼なのです」

「ううむ」文史郎は腕組みをした。

「筧屋さんにとっては、大事な大事な一人娘なので、連れ戻してくれるなら、謝礼はいくらでもはずみましょうと。ぜひとも剣客相談人に引き受けていただきたい、と申しておりましたのです」

文史郎は爺と顔を見合わせた。

「人攫いに遭ったというなら、なんとか調べようがあるが、神隠しではのう」

「殿、これは、どこやらの神社の神主さんか、お寺の坊さんに相談された方がいいかもしれませんな。剣客相談人の手にも余るので？」

爺は首を捻った。権兵衛が慌てていった。

「そうおっしゃらないでくださいな。せっかくの依頼なのですから。報酬も大きいのですぞ。ともあれ、筧屋さんの話を聴いてやってほしいのです」

「まあ、聴くだけは聴くが、なんとも難しそうな相談事だのう」

文史郎は腕組みし、溜め息をついた。

「まったく」爺も戸惑った様子だった。

「ところで、権兵衛殿、ちと尋《たず》ねるが、その『能勢の黒札』というのは、いったい何なのかのう？」

「文史郎様は御存知ではない？」

権兵衛は驚いた顔になった。

「知らぬ。拙者は、どうも世事には疎《うと》いのでのう」

「左衛門様は御存知かと思いますが」

「爺も噂を耳にしてはおりますが、うろ覚えでして……殿に説明するほどには」

爺はややうろたえていった。

——爺も頑固だな。知らないといえば済むものを。往生際が悪い。知ったか振りをしおって。

文史郎は心の中で嘲笑《あざわら》った。爺は知らぬ顔をしている。

「分かりました。お話いたしましょう」

神田和泉町に能勢熊之助《くまのすけ》という四千石の大身《たいしん》である旗本が住んでいる。能勢屋敷には御稲荷様の社《やしろ》が祀ってあり、そこに長さ二寸三分、横四分ほどの黒い札が奉られてあった。その札の表には、正一位稲荷大明神と大書されてあり、その札で狐憑きの頭を撫でると、たちどころに狐が落ちるというのである。

その黒札の効験《こうけん》はあらたかで、江戸市中に『能勢の黒札』として知られていた。おかげで、能勢屋敷の門前には、狐憑きを落としてもらおうという人たちが列をなしていた。

「しかも、その能勢熊之助様は連れて来られた狐憑きを一目見れば、ほんとうの狐憑きか偽者かを見破る眼力もお持ちだそうでして。屋敷に連れて行かれた狐憑きは、たいてい一喝《いっかつ》されて、狐が落ちてしまうか、化けの皮が剝がれてしまう、という評判なのです」

「ほほう。おもしろい御仁だのう」

文史郎は感心した。

「いかがでしょう？　このところ、剣客相談人への依頼がまったくないので、お引き受けなさったらよかろうかと思いますが」

権兵衛は帳面を開き、筆ですらすらと依頼の内容を書き付けた。

爺がそっと権兵衛に尋ねた。

「で、その相談料の方は、いかがになりましょうな」

「成功報酬となっております。無事、お多栄さんを見つけて保護したならば、締《し》めて百両をお渡しすることになりましょう」

「殿、まあまあの実入りになりますな」

爺は相好《そうごう》を崩し、文史郎を見た。

三

筧屋の伴兵衛は、権兵衛とは逆に背が低く、がっしりとした体格の厳《いか》つい顔をした男だった。腕には黒い剛毛が生え、全体的に平べったい体付きをしているので、毛蟹《けがに》を連想させる。

文史郎は内心、伴兵衛の娘の多栄が父親似だったとしたら、あまり美形ではないだろうな、と思った。

だが、伴兵衛のあと、挨拶に現れた御内儀のお町《まち》を一目見て、文史郎は考えを改めた。

御内儀は伴兵衛とは不釣合いなほどに美しい女だった。瓜実顔《うりざねがお》に、抜けるように白い肌をしている。整った顔立ちに、黒い切れ長の目と柳眉《りゅうび》。左の頰に小さな黒子《ほくろ》が、妙に艶っぽい。

もし、娘が母親のお町似であったら、きっと美しい娘に違いない。

「御主人、なぜ、娘御が居なくなったと、奉行所へ届けなかったのかのう? 町方役《まちかた》人なら、行方を捜索してくれるのではないか?」

伴兵衛はむっとした顔でいった。

「文史郎様、奉行所へ届ければ、筧屋の娘が狐憑きになって神隠しに遭ったと世間に言い広めるようなもの。そんな筧屋の暖簾《のれん》や家名を汚すようなことができますか」

「そんなに暖簾や家名が大事かのう？」

「大事です。暖簾は商人《あきんど》の命。家名を汚すようなことをしたら、それこそ御先祖様に申し訳が立たない。おそらく、お侍なら腹切りものでしょう」

「……切腹ものねえ」

文史郎は爺にちらりと目をやった。

「殿も意地と誇りをお持ちのように、商人にも商人の矜持《きょうじ》があります」

「それはそうだろうが」

文史郎は渋茶を啜った。茶はすっかり冷めている。

伴兵衛は続けた。

「ですから、清藤の権兵衛さんにお願いし、こうして剣客相談人の文史郎様たちをご紹介していただき、なんとか娘を探していただけないか、とお願いしているわけです。あくまで内密にお願いしますよ」

「分かりました。内密にですな」

文史郎は腕組みをしながら、うなずいた。

そもそも、文史郎は神隠しなど、実際にはありえない迷信だと思っている。

人が忽然《こつぜん》と消えることなどありえない。人が消えるには、それなりの理由がある。

娘自身が姿を隠すか、あるいは、誰かが娘を攫ったか、そのどちらかに決まっている。

「さっそくだが、まず、娘御が姿を消した前後の事情をお聞きしたい。最初に失踪に気づいたのは、どなたですかな？」

伴兵衛は赤ら顔を赤くしていった。

「気づいたのは、母親のお町です」

文史郎は伴兵衛の後ろに控えたお町に問いかけた。

「では、御内儀、娘御がいなくなったことに気づいたときのことを聞かせてもらいたいのだが」

「はい。……」

お町が話そうとした。伴兵衛が先に口を出した。

「一昨日のことでした。朝になっても、お多栄が起きた気配がないので、お町が娘の部屋へ行って見たら、なんと寝床が空っぽだったそうなんです」

お町は不満気な顔つきだった。

文史郎は伴兵衛を手で制した。

「御主人からではなく、直接、御内儀から事情をお聞きしたいのですが」

「あ、そう。では、お町、お話しなさい」

「はい、旦那様」

お町がほっとした表情でうなずいた。文史郎はあらためて訊いた。

「普段、娘御は何刻ごろに起きられるのですかな？」

お町が口を開こうとしたが、また伴兵衛が横から口を出した。

「そうですな。うちの商売は、朝早うございますからな。七ツ（午前四時）には番頭たちが起き出して……」

「……御主人」

爺が唇に指を立てた。御主人に訊いているのではない、と伴兵衛に顔を左右に振った。伴兵衛は渋い顔をした。

「はいはい。分かりました。黙っています」

お町が話し出した。

「以前なら、お多栄は私どもといっしょに起きて、店の手伝いをしていました。でも、お多栄は屋敷から下がってきたばかりでしたし、お話しましたように、狐が憑いた様子だったので、無理に起こさなかったのです。でも、明け六ツ（午前六時）ごろでしたかしら。女中のお久美《くみ》が娘に朝食を摂《と》らせようと離れに行ったところ、気配がおかしいので、私や乳母のお幸《さち》を呼びに来たのです。それでお幸や私が離れに行ったら、娘の姿が消えていたのです」

文史郎はちょっと待ったとお町を手で制した。

「まず、お訊きしたいが、どうして娘御に狐が憑いたと思われたのですかの？」

「直接、お多栄を見れば分かるのですが、こんな具合でした」

お町は両手で左右の目の端を吊り上げ、唇を突き出した。

「こう目が吊り上がり、口を尖らせて、コンコンと咳をするような声を立てるのです」

――可愛いではないか。

文史郎はお町の仕草から娘のお多栄の顔を想像しながら、爺の顔を見た。

爺は真剣な面持ちで、手を口にやり、こほんと咳をした。小声でいった。

「娘御を町医者に診せましたかの？」

「診せました。町医者も狐憑きに間違いないと申していました」

爺が訊いた。

「御祓《はら》い師や祈禱師には来てもらわなかったのですかの？」

「はい。さきほども旦那様がいいましたが、御祓い師や祈禱師を呼んだら、いっぺんに世間に知られることになりますので」

口を噤《つぐ》んでいた伴兵衛がまた口を出そうとした。爺が「しっ」と口に指を立てた。

伴兵衛は渋々口を開くのをやめた。文史郎が訝《いぶか》った。

「しかし、能勢屋敷へ娘御を連れて行こうとしたではないか？」

「はい。それは、妹の具合を心配した跡取り息子の長兵衛《ちょうべえ》が、どこかで効験あらたかな『能勢の黒札』の話を聞きつけて、能勢様に診てもらったらどうかと言い出したからです。息子は、もう店の世間体も何もないだろう、妹の正気さえ戻ればいい、と旦那様にいってくれたのです。息子の長兵衛にいわれて、旦那様もしぶしぶ能勢様に診てもらおうと決めたところでした」

「ところが、その矢先に、突然に娘御が消えたというのですな」

「おそらく能勢様を恐れたお狐様が、お多栄を連れて逃げ出したのではないか、と」

お町は悲しげに頭を振った。

「狐憑きの娘御は、どんな具合だったのかのう」

「お多栄はほとんど寝たきりでした。何を訊いても答えず、寝床に搔巻《かいまき》を被って蹲《うずくま》り、身じろぎもしないのです。起きるのは厠《かわや》へ立つときだけ」

「ほほう。寝床に粗相《そそう》はせずに、狐は厠へ行くか。感心な狐だのう」

「厠へ行き来は、背を曲げ、両手をこう前に垂らし、こそこそと廊下の端を小走りに走るんです。まるで狐のように」

「なるほど。狐のようになあ」

文史郎は信じられぬ思いでお町に向いた。

「御内儀は女中から呼ばれて、駆けつけたといいましたな。その女中の名は何と申した」

「お久美です」

「お女中は、部屋を覗かなかったのかのう?」

「お久美の話では、そのときには襖越しに、娘の咳き込む声が聞こえたそうです。その声を聞いて、お久美は恐ろしくなり、私たちを呼びに来たんです」

「ほう。お女中は、何が恐かったのでしょうかのう」

「暗い部屋の中から聞こえて来た咳の声が、狐がコンコンと鳴く声にそっくりだったというんです。それも娘の声ではなく、嗄《しわが》れた男のような太い声だったと。それで狐が現れたと恐くなって、お久美は部屋の中をちゃんと確かめずに飛んで来たのです」

「なるほど。お女中は襖を開けて娘さんがいるかどうかを確かめず、御内儀を呼びに行ったというわけですな」

「はい」

「それで急を聞いた御内儀はすぐに離れに駆けつけたわけですな」

「いえ。実はすぐには行けなかったのです」

「どうしてですか?」

お町は艶っぽい仕種で島田髷に手をやった。

「ちょうど髪を結い直している最中でしたので」

伴兵衛が脇から口を挟んだ。

「だから、女は困るのだ。肝心なときに、髪を解いて結い直す莫迦がどこにいるか」

「旦那様、そんなことをおっしゃっても、人前に出るのに乱れ髪はあまりに不調法でございましょう。日ごろ、身だしなみには注意するよう、使用人たちにも厳命なさっておられるのは旦那様ではないですか」

お町も負けてはいなかった。伴兵衛がさらに声を荒げようとしたのを、文史郎は手を上げて制した。

「まあまあ。おふたりとも、落ち着いて。ここで喧嘩をしても、娘さんは帰って来ませんぞ」

伴兵衛はようやく文句をいうのをやめ、怒りの矛《ほこ》を収めた。お町は憮然として夫を睨んでいた。

「話を戻して、御内儀は、どのくらい経ってから、離れに駆けつけたのですかの？」

「髪を結い上げてからですので、それほど間はおかなかったと思いますよ」

「その間、誰も離れには駆けつけなかった？」

「乳母のお幸や番頭の豊吉《とよきち》が行きました。私がお久美に、お幸や番頭の豊吉に知らせなさいといいましたから」

「なるほど。で、お幸さんや豊吉さんが駆けつけたときには、もう娘御の姿はなかったのですな？」

「そうなんです。私も駆けつけたところ、お多栄の寝床は、掻巻がこんもりと盛り上がったまま、お多栄の姿だけが忽然と消えていたんです」

「誰も娘御が部屋から出たのを見ていなかったのですか？」

「はい。見た者はいませんでした」

文史郎は爺と顔を見合わせた。

「ご主人は、そのとき、どうされておったのですかのう？」

「ちょうど、店先で大番頭の松吉《まつきち》といっしょに仕入れ物の手配をしていたところでした。だいぶ時間が経ってから報告を受け、ようやくお多栄がいなくなったのを知った具合でしてな。奥のことは、みな、女房に任せておいたのに、こんなことになって」

伴兵衛はお町に文句をいおうとした。文史郎は遮《さえぎ》っていった。

「ご主人、これから娘御が寝ていたという離れを見せていただけますかのう？」

伴兵衛は苛々《いらいら》した様子でうなずいた。

「おやすい御用で。ですが、私が立ち会わなくてもよろしいでしょうな。私はお客さまをほったらかして、店先を離れることができませんもので」

「どうぞご主人はお店の仕事に戻ってください。ところで、跡取り息子の長兵衛さん、女中のお久美さん、番頭の豊吉さん、乳母のお幸さんの話も聴きたいのですが」

「分かりました。豊吉には手が空き次第に、こちらへ来るよう申しつけておきましょう。息子の長兵衛やお久美、乳母のお幸の方は家内にいってください。では、御免なさって」

伴兵衛はそそくさと席を立ち、店先の帳場へ出て行った。

「では、それがしたちは御内儀に離れに案内していただきますかな」

文史郎は刀を手に立ち、爺とともにお町の後ろに続いて歩いた。

四

店に続く母屋《おもや》の奥に廊下が延びており、その先に離れがあった。

離れは渡り廊下で母屋と繋がり、小さな庭を挟んで母屋の台所と向き合っていた。

廊下の先に襖があり、その襖を開けると離れの部屋になる。

離れは床の間のついた書院風の造りの六畳間で、部屋の隅に赤い花柄の蒲団がきちんと畳んで積んであった。

離れへ出入りする襖は部屋の東側にあたっている。渡り廊下の片側は板壁になっており、庭に面した側は手摺《てすり》が付いているだけだった。

廊下の片側を板壁にしたのは、店の裏に並んだ蔵が目に入らぬように目隠しをしたのだろう。

部屋の北側と西側は漆喰《しっくい》の壁になっており、窓はない。

南側は縁側があり、そこから、小さな庭に下りることができる。廊下と部屋の間は障子戸で仕切られており、廊下には雨戸が立てられるようになっていた。

文史郎は庭に面した廊下に立ち、離れの周囲に目をやった。

離れと庭は柴木の生け垣で囲まれており、柴垣の外の通路を裏手に行けば、使用人たちの住む裏店《うらだな》に通じている。

通路は裏店と筧屋の母屋を結んでいる。離れの庭の柴垣には小さな冠木門《かぶきもん》があって、通路にも出入りできるようになっていた。

通路を挟んだ向かい側は、隣の大店の蔵の頑丈そうな白壁になっていた。隣の店との出入り口はない。

さしあたって離れへの出入りは、庭側か、渡り廊下を通じるしかない。

いったん庭に下り、渡り廊下の床下を潜って蔵側へ出る方法がないことはないが、渡り廊下の床は低く、床下の隙間は人が地べたに四つん這いになって抜けなければならないほど狭かった。

――神隠し？　本当に神隠しなんか、あるのだろうか？

文史郎は信じられない思いで、離れの様子を見て回った。

「お女中、娘御はこちらへ戻って以来、ずっとこの部屋で寝起きし、食事も何もこの離れで摂っておったのだな？」

「はい。さようでございます」

お久美はおどおどした表情で答えた。

ときどき、お町の方を見ては顔色を窺っている気配がする。

お町は離れの畳に座り、じっと文史郎の様子を見ていた。

お町の隣には、乳母のお幸が正座していた。

「お女中は、渡り廊下のところで、襖越しに、娘御が呟き込むような声を聞いたのですな」

「はい」

「確かに娘御の声でしたか？」

「嗄れてはいましたが、たぶん、そうだと思います」

「男のような声だったと？」

「はい」

文史郎は訝った。

爺が文史郎に代わって尋ねた。

「お女中は、これまで本物の狐の鳴き声を聞いたことがあるのですかな？」

「……いえ。ありませんが、世間ではよくいうでしょう？　狐はコンコンと鳴くって」

「本物の狐はよく響く甲高《かん》い声でケーンと鳴きますすんですがね」

爺は首を傾げた。

文史郎は爺を遮り、お久美に訊いた。

「娘御は屋敷から下がったときから、狐憑きだったのか、それとも家に帰ってからおかしかったのか」

お久美は内儀に了解を求めるように、ちらりと目をやった。

「駕籠からお降りになられても、まったく口を利かず、俯《うつむ》いたままでした。初めの二日というもの、何もお食事も召し上がらず、床《とこ》に伏せったままでした。お顔は、以前のお嬢様とは思えぬほどげっそりとやつれていまして、眉や目が狐のように吊り上がっていました」

「ほほう」

「三日目の朝になって、番頭の豊吉さんが、もしや狐が憑いたのではと言い出し、試しに油揚をお膳に用意したら、なんとおいたわしい、お嬢様は油揚にむしゃぶりついて、がつがつとお食べになられたのです。それでお嬢様は狐憑きだと分かったのです」

文史郎は腕組みをして、考え込んだ。

「御内儀、娘御は、どちらの御屋敷に奉公に上がられたのかの？」

「肥後藩《ひごはん》の上屋敷でございます」

「肥後藩細川家《ほそかわ》ですな？」

「はい」

　文史郎は爺と顔を見合わせた。

　肥後藩細川家といえば、外様《とざま》だが五十四万石の大藩だ。わずか一万八千石の小大名の那須川藩と比べれば、月とすっぽんほどの家格の差がある。

　いまの藩主は十二代目の細川斉護《なりもり》殿。斉護殿には、府内で一、二度、お目にかかったことがある。文史郎こと那須川藩主若月丹波守清胤が、幕府より若年寄に抜擢《ばってき》され、一時、大目付の補佐をしていた折のことだった。

「しかし、いったい、どういうご縁があって肥後藩細川家の大奥に、娘御は御奉公に上がられたのかのう？」

「肥後藩の御台所《みだいどころ》は、うちを特に御贔屓《ひいき》にされて、何かとお引き立てくださったのでございます。そのご縁で、ぜひ、うちの娘を奉公させていただきたくお願いいたしましたところ、奥方様は快く御引き受けくださり、娘はめでたく上屋敷へ奉公に上がったのです」

「娘御は、いつ奉公に上がられたのかの？」

「去年の夏のことでした」

「では、およそ一年奉公されていたというわけでござるな」

「さようでございます」

「その奉公の最中に、娘御の身に何かあったのでしょうかのう?」

「……。正月やお盆の藪入に家に戻った折には、楽しそうに上屋敷での出来事をあれこれと話していました。それ以外にも、ときどき奥方様にお供して、店に買物に参りましたが、いつも嬉々として元気そうでした。それが、突然、狐憑きになって戻ったのです」

「その後、御屋敷から娘御に、早く上がるように、といわれたとか?」

「そうなんです。狐憑きになったお話をしても、御屋敷の方々はまったく信じてくれなくて、屋敷に戻りたくないから、そういっているのだろうくらいにしか受け取ってくれないのです」

「ほほう、なぜ、そんなに熱心に娘御を戻すようにいって来るのですかのう」

「さあ」

お町は小首を傾げた。

「娘御は喜んで御屋敷に上がりましたかのう。それとも嫌々ながらに御屋敷に上がったのか」

　お町は傍らに座った乳母のお幸と顔を見合わせた。

「……はじめ、お多栄はお屋敷へ上がるのをひどく嫌がっていました。でも、それを旦那様がこんこんと因果を含めて、お屋敷に送り出したのです」

「因果を含めて？」

「はい。我が寛屋の繁栄のため、それに親孝行になるのだから、と」

「なぜ、娘御は嫌がったのですかの？」

「奥に入って殿にお仕えするうちに、もし殿のお手がついたら、と恐れていたらしいのです」

「まあ、殿様の中には、すぐに側女《そばめ》に手をつける、よからぬ御仁がいますからのう」

　爺は文史郎をじろりと見た。

「まあ、よくあることではあるな」

　文史郎は側室の由美《ゆみ》を思い出した。

　由美はかつて文史郎が惚《ほ》れて手をつけた側女だ。由美は寝物語に嫌々城に上がったといっていた。由美には親同士で決めた許婚《いいなずけ》がいたからだった。

　その後、由美はいったん城を下がり、許婚の男と別れ話をして、再び城に上がった。

そのときには、由美はすっかり文史郎の側室になる覚悟をしていた。

見かけこそ弱々しい娘だったが、芯の強い健気《けなげ》で美しい娘だった。しかし、正室の萩《はぎ》の方《かた》に嫉妬されて、城から追い出されたが、文史郎はいまでも由美を愛しく思っている。

「娘御には、言い交わした男とかはおらなんだかの？」

「まさか。うちの娘に限って、そのような男がいるようなことはありませぬ」

「もしかして、殿のお手がすでに娘御についていたとかはないのかのう？」

「残念ながら、まだのようでございました。もし、お多栄に殿のお手がついて側室にでも上がれたら、幸せというものでしょう。旦那様は、そうなることを望んでいました。そうなったら我が家の行く末は万々歳だと」

――残念ながら、だと？

すると、お町も伴兵衛も、娘に細川殿の手がつくことを望んで奉公させていたというのか？　それではお店のための人身御供《ひとみごくう》ではないか。

文史郎は我と我身のことを振り返り、内心忸怩《じくじ》たる思いだった。

細川家ほど大身ではないにせよ、由美の親も、伴兵衛のように、那須川藩との結び付が強まることを望んでいたのかもしれない。

文史郎は、乳母のお幸がふっと微笑《ほほえ》んだのに気づいた。文史郎の視線を感じると、顔を引き締め、笑みを消した。

「乳母のお幸さん、おぬしは狐憑きになったお多栄さんを見て、どう思われたかのう？」

「あんなお元気だった多栄様が、狐憑きになるとは、それはもうおいたわしくて、とても見ておれませんでした」

お幸は悲しげに眉をひそめ、顔に袖をあてた。

文史郎は爺に目をやった。爺は同情して、うんうんとうなずいていた。

「お幸さんは、女中のお久美さんから、お多栄さんが変だと知らされ、真っ先に駆けつけたのですかのう？」

「はい」

「お幸さんが離れに駆けつけたとき、襖や障子、雨戸は開いていませんでした？」

「はい。襖も障子も雨戸もみな閉まったままです。でも、襖を開けたら、誰もいなかった」

「そのとき、その場にいたのは、お幸さんだけですかな？」

「はい。でも、すぐに番頭の豊吉が駆けつけてくれました。それで二人で雨戸を開けたり、床下や庭を捜したりしました」

　お町が口を開いた。

「そう。私がお久美と駆けつけたときには、お幸さんと豊吉が離れの周囲を捜していました。お多栄の名前を呼びながら」

「くどいようだが、お幸さんは部屋を出入りする不審な人影を見ていませんでしたかな？」

「はい。見ていません」

　左衛門が文史郎の後ろから訊いた。

「狐とかの何かの獣が飛び出すということもなかったですかな？」

「はい。ありませんでした」

「襖も障子も閉め切ったまま、お多栄さんは姿を消したというわけですな」

　爺は部屋の中に立ち、天井を調べたり、床の畳を調べたりしている。

　文史郎も部屋の中を見回した。

　部屋の隅に鏡台が据えられてあった。

　鏡台の上は綺麗に片づけられてあった。

　文史郎は姿見の鏡を覆っていた垂れ布を引き上げた。曇り一つなく、きれいに磨かれてある。使われた様子もない。

引き出しを開けた。手鏡や櫛、簪《かんざし》といった類《たぐい》の飾りもない。

お町が文史郎に尋ねた。

「いかがですか？　何かお気づきになられましたか？」

「確かに変ですな」

「何がです？」

「御内儀は鏡台のあたりを整理したり、片づけましたかの？」

お町は慌てて鏡台を調べはじめた。

「あら、化粧品や化粧の道具がすべて無くなっているわ。お幸さん、あなた片づけた？」

「いえ、奥様」

お幸も鏡台に近寄り、引き出しを開けたりしていた。

渡り廊下に前掛けをつけた若い男が姿を現した。腰を屈めて歩いて来る。

丸印に寛の文字が入った前掛け姿で、見るからに実直そうで大人しい青年だった。年のころは二十代の半ば過ぎといったところだろう。

「奥様、お呼びで。旦那様からいわれて参りました」

「ああ、豊吉、お入り」

お町は部屋に招き入れた。豊吉と呼ばれた男はお幸やお久美と挨拶を交わし、お町の側に座った。

「初めまして。あたしが中番頭の豊吉でございます」

豊吉は文史郎と爺に頭を下げた。

「豊吉、おぬしが離れに駆けつけたとき、特に何か気づいたことはなかったかのう？」

「さあ。気づきませんでしたね。なにしろ、お嬢さんが消えたというので、気が動転してましして。ねえ、お幸さん」

「ほんとほんと」

お幸は大きく同意した。

「周囲に人影もなかった？」

「はい。ありませんでした」

豊吉はお町の後ろに控えたお久美に目をやった。

「すぐあとにお久美が駆けつけたので、そのへんはお久美も見て知っているはずです」

お久美は終始俯いたままだった。

文史郎は爺を振り向いた。

「爺、何か気づいたことはあるかのう？」

左衛門は女たちに目を向け首を傾げた。

どうやら、お町たちの前ではいいにくいことがある様子だ。

「爺、この離れの周囲を見て参ろう。いいかの、御内儀」

「もちろんです。どうぞ」

お町はお久美に、二人に下駄を用意するようにいった。

お久美は廊下を小走りに姿を消し、やがて二足の下駄を手に戻ってきた。

文史郎は開いている障子戸の間から縁側に出て、敷石に置かれた下駄を突っかけ、庭に下りた。

文史郎はしゃがみ込み、離れの縁の下を覗き込んだ。縁の下は薄暗く、奥の方はほとんど見えなかった。

気配に耳を澄ましたが、狐や小動物の息遣いはまったくなかった。

文史郎は、ついで渡り廊下の床下を覗いた。床下の土には、何の跡も付いていなかった。

渡り廊下の向こう側には蔵が並んでいるのが見えた。

「番頭さん、蔵の方に行くには、どうするのだね？」

「いったん、母屋に戻って、蔵へ続く裏口に出なければ行けません」

「ここを潜っては？」

「着物が土で汚れるのもかまわなければ、潜り抜けて裏庭に出ることはできます」

お町が素っ頓狂な声を上げた。

「もしかして、お多栄が蔵に隠れているとでもいうのですか？」

「念のため、調べてくれますかの」

「豊吉、おまえ、すぐ蔵へ行って、蔵を一つ一つ、隅から隅まで調べておくれ」

「へえ。ただいま」

豊吉は頭を下げ、急いで渡り廊下を引き上げていった。

文史郎は、蔵を豊吉たちが調べるのに任せ、爺を連れて、冠木門を潜り抜け、柴垣沿いに裏長屋へ通じる小路に出た。

お幸が後ろから冠木門を潜ってついてくるのが見えた。

文史郎は裏長屋へ歩き出した。木戸があり、その向こうに長屋が見えた。

長屋と長屋の間の通路で、大勢の子供たちが遊んでいた。井戸端で長屋のおかみさんたちが、洗濯をしながら、話し込んでいる。

「ほとんどが、箕屋の奉公人の家族でしてね。私もそこに住んでいますのよ」

説明も求めないのに、お幸が後ろから声をかけた。

五

「爺、どう思う？」

通りをアサリ河岸の方角へ歩きながら、文史郎は爺に意見を求めた。

「どうって、ともかくも怪しいですな」

「何がかな？」

「番頭の豊吉が入って来たときの、乳母のお幸の顔を見ましたか？」

「いや。見なかった」

「密かに目配せしてましたよ」

「目配せ？」

「ええ。どうも怪しい。二人とも目つきが落ち着かずに終始きょろきょろ動いている。

あれは、二人とも何かを隠している証拠ですぞ」

「ううむ」

文史郎も、乳母のお幸がふと漏らした笑みを思い出した。

「それから、女中のお久美さんも、何か歯切れが悪い。お久美さんは、御主人やお幸、番頭の豊吉がいる前では、本当のことがいえず、おどおどしているように見えた。お久美さんを彼らから切り離して事情を聴けば、きっと何か話してくれるのではないですかのう」

「うむ、では爺、密かにお久美さんに会って調べてほしい」

「分かりました。やってみましょう」

爺は口に人差指を立てた。

文史郎は、ふと歩みを緩めた。背後からひたひたと後を付けてくる者がいる。

相手も文史郎の歩みに合わせて、歩調を緩めた。首筋にぴたりと当てられた視線は殺気を帯びていた。

——何者?

釣りをしていたときに感じた視線とよく似ている。

爺はのんびり歩いていた。

「爺、……」

「分かっています。相手は二人」

「爺も分かったか」

爺は振り返らずにうなずいた。文史郎は腰の脇差《わきざし》に手をやった。

釣りなので、腰には脇差一振りだけだった。

大通りは、大勢の通行人で賑わっている。まさか、昼の日中に、相手は斬りつけてくるとは思えない。どこかの路地に曲がったところで、やつは現れるのだろう。

文史郎は大声で後ろの相手に聞こえるようにいった。

「爺、少々やぼ用を思い出した。寄り道をしていく。先に帰ってくれ」

「寄り道？　どちらへ」

爺は不安な面持ちになった。

「大丈夫だ。聴くな」

文史郎は爺にちらりと目配せをし、左手のやつを頼むという合図をした。

「……はい」

爺はうなずいた。目で左手を差した。

文史郎は爺と通りの左右に分かれた。右手の商店の並びに路地に入る角が見えた。

以前にその角を折れたことがある。路地は武家屋敷の築地塀《ついじべい》に挟まれており、その先は寺社の境内に通じている。人通りも少ない。

尾行者は築地塀の続く間では、どこにも身を隠しようがない。

文史郎は空の魚籠《びく》を下げた釣り竿を肩に、観世《かんぜ》流の謡《うた》い『弁慶』を唸りながら、のんびりと歩を進めた。

路地に入ってまもなく、後ろから一人がついてくる気配がした。

――やはり私をつけて来たのか。

文史郎がわざわざ人気《ひとけ》ない路地に相手を誘うように入ったのに、相手はそれを承知でつけて来る。敵は立ち合いになるのを覚悟の上に違いない。

背後からひたひたと殺気が押し寄せて来た。敵は徐々に間合いを詰めてくる。

その気は並のものではない。敵は尋常の遣い手ではない、と文史郎は悟った。

文史郎は静かに脇差の鯉口《こいぐち》を切った。

脇差は大刀ほど長くないが、斬り合いの際、大刀よりも軽くて扱い易い。

両側に丈《たけ》の高い築地塀が立ち、前後にしか逃げ場がなくなった。文史郎はくるりと後ろに向き直った。

身形《みなり》から浪人と分かる侍が一人、ぴたりと足を止めた。

鬱鬱《うつうつ》とした暗い顔の浪人だった。

痩《や》せ細った体付きで、頬はげっそりと痩《こ》け落ち、目だけをぎょろつかせている。黒い不精髭が頬や顎をびっしりと被っている。月代《さかやき》には長い間剃りを入れてない様子で、短い髪の毛が伸び放題になっている。

「おぬし、それがしに何用か？」

文史郎は浪人に声をかけた。

「…………」

浪人は無言だった。目が血走っている。浪人は大刀の鯉口を切り、いつでも抜ける構えで、足を滑らせるように走り出した。

足音も立てないナンバ走りだった。

「それがしを、大館文史郎と知ってのことか？」

「…………」

浪人は何も答えなかった。

間合いは見る見る詰まって来た。だが、浪人の手は依然刀の柄《つか》にかかったままだ。

——居合いか！

咄嗟《とっさ》に文史郎は手に持っていた釣り竿を、走って来る浪人の顔に投げつけた。

浪人はさっと顔を背《そむ》けて竿を避けた。なおも姿勢を低めて突進して来る。

文史郎も釣り竿を投げると同時に、浪人に向かって走り出した。

出合い頭《がしら》、迫る浪人の右手が動いた。一瞬早く、文史郎は浪人の懐に飛び込み、右手で浪人の利き腕の肘《ひじ》を押し上げた。

浪人は大刀を抜いたものの、肘を押し上げられ、文史郎に斬りかかれない。

浪人は敏捷な体捌《たいさば》きで、文史郎に肘を押された力を反動にして、くるりと軀を回転させた。抜き身の大刀を振りかざし、文史郎を刺突《しとつ》しようとした。

文史郎は素早く左手で脇差を抜きざまに浪人の胸を薙《な》ぐように払い上げた。

浪人の着物が裂け、血潮がどっと噴き出した。浪人は、振り上げた大刀でなおも刺突しようとした。

文史郎は振り払った脇差の背に右手を添え、すかさず浪人の喉元に突き入れた。浪人は喉を脇差で貫かれて動きを止めた。

喉元からも大量の血が噴き出し、文史郎の顔や軀にかかった。

浪人の手から大刀がからりと音を立てて地べたに落ちた。

文史郎は倒れかかる浪人の喉元から脇差を引き抜いた。飛び退いて、次の敵に備えて、残心に移り、周囲を警戒した。

築地塀を背にして御高祖頭巾《おこそずきん》の女と、爺が立っているのが見えた。

浪人は膝から崩れ落ち、ゆっくりと地面に横たわった。文史郎は浪人に屈み込んだ。浪人は絶命していた。

御高祖頭巾の女は、身じろぎもせず、文史郎と浪人の亡骸を凝視していた。整った白い顔には血の気がなかった。

「殿、お怪我は？」

女の後ろには、刀の柄に手をかけた爺が控えていた。事と次第では、いつでも女を斬る構えだった。

「大丈夫だ。怪我はない」

文史郎は懐紙を取り出し、脇差の血を拭った。作法通りに血を拭った懐紙を浪人の袖に押し込んだ。

文史郎は苛立ちを抑えながらいった。

「おんな、おぬしの指図か。無用な殺生をさせおって。何故、それがしを襲う？」

「勘違いめされるな。わらわは細川家の家中《かちゅう》の者、その浪人者とはまったく関係ございませぬ」

「なに？　そこもとは関係ない、と」

「はい。まったく見知らぬ者でございます」

「では、この者は何者？」

「存じませぬ。失礼ながら、その者は、だいぶ前からあなた様を狙って付け回していたようでございます」

文史郎は左衛門を見た。

「爺は、どう思う？」

「殿、ご用心あそばされ。女狐は信用できませぬぞ」

左衛門は刀の柄に手をかけたままいった。

御高祖頭巾の女は顔を歪めた。

「どう申し上げれば、信じていただけますか？」

「そなた、細川家の家中だという証拠は？」

「…………」

御高祖頭巾の女は黙って、胸に差した懐剣を袋ごと抜き、後ろの左衛門に差し出した。

「鞘にある紋所をお調べください」

左衛門は懐剣を受け取り、刀袋の紐を解いた。懐剣を鞘ごと袋から出した。

緋色の漆塗りの鞘にくっきりと細川家の家紋が黒く浮き出ていた。

「たしかに細川家の家紋」

左衛門はうなずき、懐剣を女に返した。

文史郎も脇差を鞘に戻した。

「では、この浪人は？」

「本当に存じません」

「…………」

文史郎はあらためて朱に染まって倒れている浪人に屈み込んだ。

浪人はカッと目を剝いたまま事切れていた。文史郎にとっても、まったく見覚えのない男だった。男の懐ろから紙包みが覗いているのに気づいた。

文史郎は浪人の懐から紙包みを摘まみ出した。ずっしりと重い。包みを開くと小判三両が出て来た。

――わずか三両の小判のために、人斬りを引き受けたというのか。

文史郎は浪人の生活に疲れた顔を見下ろした。

――妻や子供などの家族もおろうというのに。いったい、誰に依頼されての所業なのだろうか？

文史郎は浪人の懐や袖の中を手で探った。身元を示す手がかりのような物は、いっさいなかった。

文史郎は溜め息をつきながら、無念そうに見開いた浪人の両の目蓋を閉じさせた。

文史郎はしばしの間、浪人の亡骸に両手を合わせ、成仏《じょうぶつ》を祈った。

文史郎は無性に腹が立った。できれば斬りたくなかった。恨みも何もない。斬らねば、己が斬られるから斬ったまでだ。

通りがかりの通行人たち数人が、恐ろしげに遺体を覗こうと周りに集まりはじめていた。

いずれ、通報を受けた奉行所の町方役人たちが駆けつけるに違いない。

「爺、これを町方役人に渡して、この御仁を丁重に弔ってもらえ」

「はっ、かしこまりました」

左衛門は金子《きんす》を包んだ紙包みを懐に仕舞い込んだ。

文史郎は御高祖頭巾の女に向いた。

「おぬしの名は？」

「奥女中の紗代《さよ》にございます」

紗代と名乗った奥女中は丁寧に文史郎に頭を下げた。

「あらためて、あなた様の御名前を頂戴しとうございます」

「それがしの名も分からずに後をつけて参ったというのか」

「はい。どこかで事情をお話しようと思ってはおりましたが」

文史郎は紗代の正直さに呆れた。左衛門が紗代にいった。

「こちらの御方は那須川藩の元……」

「爺、待て。いい。自分で名乗る」

文史郎は苦笑いし、左衛門を制した。

「それがしは、那須川藩に身を置いていたが、いまは故あって隠居し、浪人となっている大館文史郎だ」

「御身形と立ち居振る舞いから、かなりの身分の御方と御見向《おみう》けいたしましたが……」

「そんなことよりも聞きたい。なぜに、それがしをつけて参ったのか」

「寛屋のご主人から何を依頼されましたか？」

「そこもとには関係なかろう」

「いえ。関係がございます」

「ほう」

「私は殿から密命を受け、寛屋をお訪ねしました。お多栄様のご容体をお伺いしたいためです」

「………」

「お多栄様は、病を理由にお屋敷から下がって実家にお戻りになりました。殿がお多栄様にたいへん御執心になられているのです。そのため、殿は……」

「御女中、ちょっと待て」

いつの間にか、大勢の野次馬があたりを取り囲みはじめていた。

大通りの角から、おっとり刀の町方同心や十手持ちが駆けつけて来るのが見えた。

「殿、ここは爺に任せて、ひとまず引き上げてください」

「殿ですと……？」

紗代は怪訝《けげん》な顔をした。文史郎は無視して爺にいった。

「では、あとは頼んだ。もし、面倒なことになりそうだったら……」

「分かっております。南町奉行所同心の小島啓伍《こじまけいご》殿を呼び出します」

「うむ」

文史郎はうなずき、奥女中に向き直った。

「どうやら、こんなところで立ち話をするのはまずそうな話だ。どうだ、場所を変えぬか」

「はい」

紗代は素直に応じた。

「では、参ろう」

文史郎は釣り竿を肩にかけ、悠々と歩き出した。紗代が三歩下がる形で、そのあとに従った。

「あいやしばらく。そこのお武家、お待ちくだされ」

息を切らせて駆けつけた同心が文史郎に声をかけた。

「ご苦労。委細は後ろに控えおる爺に聞いてくれ」

文史郎は紗代を従え、悠然と歩いた。

同心や町方役人たちは、返り血を浴びた姿の文史郎があまりに堂々としているので、呆気に取られて見送った。

六

着物についた返り血は生臭く、軀にも粘っこくまとわりついて気持ちが悪かった。

だが、太陽の光を浴びているうちに、いつしか血糊《ちのり》はかさかさに乾き、とりあえず長屋に帰るまでは我慢ができそうだった。

文史郎は近くの水茶屋に、紗代を連れて行った。女連れで水茶屋へ入れば、傍目《はため》には深い男女の仲と思われかねない。

紗代は店先で躊躇《ちゅうちょ》した様子だった。

文史郎はあえて奥には入らず、店先の席に座り、紗代と向かい合った。

「奥のお部屋が空いておりますが」

店主の年寄が文史郎と紗代を見て案内しようとした。

「亭主、いや店先でいい。少し休ませてもらうだけだ」

「そうでございますか。では、お茶を用意いたします」

亭主は引き下がった。文史郎は紗代にいった。

「安心されたい。おぬしを取って食おうというような下心は持っておらぬ」

「……は、はい」

紗代は笑みを浮かべ、うなずいた。

――美形のいい女だ。さすが大藩の腰元だけのことはある。

文史郎は仲居が運んで来た茶を啜り、あらためて紗代に訊いた。

「話の続きを聴こう」

紗代は茶を飲むのをやめ、殊勝な態度でうなずいた。

「我が殿はたまたま書院でお見かけしたお多栄様を、たいへん気に入られ、ぜひに御側にと申されました。お多栄様は、お屋敷にお戻りになれば上臈《じょうろう》となられることになっております」

上臈は奥では、正室、側室に次いで、高い身分の地位である。たいていは殿のお気に入りの女御が選ばれ、部屋を一室与えられ、部屋付きの女中も付く。子供ができれば、側室になる。

「ところが、屋敷をお下がりしたお多栄様の様子がどうもおかしいとなったのです。お多栄様の御両親から、お多栄様がたいへん重い気の病にかかり、屋敷にはすぐには戻れそうもない、しばらくご猶予をという申し出がありました。殿はたいへん心配なされ、私にお多栄様の病気見舞いをして、ご容体を見て参れと仰せられたのです」

「なるほど」

「お多栄様の病は、いま流行りの狐憑きとのよし。私は、それを直接確かめようと箟屋を訪ねたところ、御両親は言《げん》を左右にして、お多栄様に逢わせてくれませんでした。そうこうしているうちに、店の使用人に内緒で問い合わせたところ、なんとお多栄様が消えた。まるで神隠しに遭ったようだというのです。そして、御両親は剣客相談人の文史郎様に、内密にお多栄様を捜し出すよう依頼された、とも分かりました」

「うむ。それでそれがしたちをつけたというのだな」

「はい。ご迷惑かとも思いましたが、文史郎様を見張っていれば、きっとお多栄様に辿り着くと思ったのです」

「では、あの浪人は」

「はい。本当に細川家とは無縁の方です。私もあなた様をつけているうちに、私たちとは別に、もう一人尾行者がいると分かって、むしろ警戒いたしました。何者か、と」

文史郎は訝った。

「いま、私たちと申したな。紗代どのお一人ではないのか？」

「はい。私の身に何かあった場合に備えて、配下の者が数人、目立たぬように控えております」

紗代は微笑んだ。

――護衛付きというわけだ。

文史郎は、あたりを窺った。茶屋の周りに、それらの者がどこかに潜んでいるのだろう。

「文史郎様、お教えください。お多栄様は本当に狐憑きになられたのでしょうか？」

「それは、こちらから聞きたかったところだ。筧屋夫婦によると、お多栄殿は上屋敷にいたときに狐憑きになり、それが理由に上屋敷から下げられたそうだ、といっておったが」

「いえ、それは違います。お多栄様は殿が引き留めるにもかかわらず、自ら屋敷下がりを申し出たのです」

「と申すと、上屋敷にいたときには、お多栄殿はなんでもなかったというのだな」

「はい。でも、実は屋敷におられたころ、お多栄様は体調を崩しておられたのは事実です。それで大事を取って、ご実家にお戻りになり、ご休養あそばされるおつもりだったと思います」

「屋敷でお多栄殿は、体調を崩したとき、どんな様子だったのか？」

「……お多栄様は身近な者も遠ざけ、人とあまりお話をせぬようになり、お部屋に引き籠りがちでした。でも、狐憑きになっていたとは、とうてい信じられませぬ」

「ううむ。変だのう」

「文史郎様、お多栄様は、ほんとうに神隠しに遭ったのでしょうか？」

紗代は真顔で聴いた。文史郎は頭を左右に振った。

「それがしは信心深い方ではないので、神隠しなどあるはずがない、と思っておる。よそから見れば、不思議な神隠しのように見えるが、何かからくりがあるはずだ。おそらく誰か人がからんだ拉致《らち》事件か、失踪ではないか、と思っておる」

「やはり、そうですか」

紗代は大きくうなずいた。目がきらきらと輝いた。

――魅力的な女だ。余が細川家の殿様なら、この腰元の紗代を、放ってはおくまい。

「では、いったい誰がお多栄様を拉致したり、あるいは隠したりしたのでしょうか？」

「それを、いま調べようとしている」

「手がかりはあるのですか？」

「うむ。ないことはない」

文史郎は乳母のお幸や番頭の豊吉の顔を思い浮かべた。

――どう見ても、二人の態度はおかしい。ご主人の大事な娘御がいなくなったというのに、それほど慌てた様子がない。逼迫《ひっぱく》感が感じられない。彼らは、何か事情を知っているのに違いない。

「よかった。神隠しだと、殿にどうお話したらいいか、困っていたところでした」

紗代はほっとした表情になった。

文史郎は気になっていることがあった。

「ところで、お訊きしておきたい。お多栄殿には殿の手がついたのかのう？」

「……おそらく」

紗代は端正な顔を赤らめた。

「おそらく、というのは、どういうことなのだ？」

紗代は少しためらった。

「どう申し上げたらいいのか。……実はお多栄様はご懐妊なされております」

「な、なんだって。それはほんとうかのう？」

「はい。それはご懐妊は間違いありませぬ。まだお腹はそれほど大きくはなく、目立たないのですが、女の私にはそれが分かります。つわりもひどうございますので」

「筧屋の主人夫婦は、お多栄殿には、まだ殿のお手がついていないと聞いていたのだが」

紗代は顔を赤らめながらいった。

「きっと、お多栄様が嘘をついたのではないでしょうか？」

「女は嘘つきだというが、どうして、いまに誰にも分かるようなことで嘘をつくのだ？」

「それは私にも分かりませぬ。お多栄様のお心はご本人だけしか」

「殿はお多栄殿の懐妊を知っておるのか？」

「いえ。お多栄様はお腹にややこができたことを、まだ殿にも申し上げておりませぬ」

「ほほう。殿は知らぬというのか？」

文史郎はふと那須川藩主だったとき、寝所に召した側女の由美を思い出した。そういえば、由美も懐妊したことを、文史郎に知らせてはくれなかった。

「なぜ、殿に知らせぬのだ？」

紗代は一瞬言い淀んだ。文史郎はその顔を見て、第六感が働いた。

「うむ。分かった。御家騒動だな」

紗代ははっと顔を上げた。

「よく御存知で」

「正室でない女子が殿の子を孕《はら》んだとなれば、いろいろ画策する者が出てくるものだ。他言はせぬ。話せる範囲でいいから話してくれ。お多栄殿が消えた原因が分かるかもしれぬ」

「はい。では他言無用ということで。……家中にはお世継ぎを巡って、二派が争っております。お多栄様はそうした争いに巻き込まれたくなかったのではないでしょうか」

「二派というのは？」

「筆頭家老の陣内善乃輔《じんないぜんのすけ》様の派と、次期家老と目されている中老の大河原主水《おおがわらもんど》様の派です。殿の奥方様は男子に恵まれず、お二人の御子は姫。それに対して側室の百合《ゆり》姫様は、めでたく男子を御出産なされた。陣内家老派は奥方様を支持しており、百合姫様の御子を跡継ぎにと推しておられるのが大河原派というわけでございます」

「なぜ、二派に分かれて争っておるのだ？　側室であれ、男子が生まれたとなれば、その御子が長子として跡継ぎになるのが自然というものではないか？」

「百合姫様の御子はまだ数え二歳。跡継ぎにまで成長するには、まだ年月がかかりましょう。その間に、もし、御子に万が一のことがあれば、お世継ぎの問題は振り出しに戻ることになります。陣内一派は、それが狙い。噂では、陣内一派は、密かにどこかの山中で、御子のお命を縮めようと加持祈禱を行なわせているとのことです」

世継ぎがほしい細川斉護殿の心中を思うと、他人事《ひとごと》ではなかった。文史郎もお世継ぎがしっかりといなかったが故に、御家騒動の元となり、結局己が若隠居を免れなかったのだから。

——どこの藩でも、似たようなことがあるものだ。那須川藩のような一万八千石の小藩でさえ、御家騒動が起こるのだから、まして、五十四万石の大藩である肥後藩ともなれば、お世継ぎ問題は藩の命運を左右する大騒動になるだろう。

「それで、肝心の細川殿の意向は、どうなっておるのかのう」

「殿は、どちらにも与《くみ》したくないと思っておられるようです。面倒なことに関わりたくない、と。殿は奥方様や百合様よりもお多栄様をはじめとする何人かの側女を御寵愛あそばされております」

「なに、殿が寵愛しているのは、お多栄殿だけではない、というのか？」

「はい。陣内派も大河原派も、それぞれに、息のかかった美しい女御を側女にと殿にお薦《すす》めしており、殿を惑わしております」

「つまり、殿はいろいろな側女をあてがわれては、子づくりに励んでおるというわけだ。まるで種馬のようだな」

文史郎は自戒を込めていった。紗代は顔を赤らめて黙った。

「いや、口が滑ったようだな。で、お多栄殿は、そうしたお屋敷のごたごたに嫌気が差していたのではないかのう」

「はい。二派とは関係がなく、殿の意向で新しい側女に抜擢されたお多栄様は、陣内派からも大河原派からも、睨まれております。もし、御懐妊されたと知ったら、両方の派とも、自らの派に取り込もうとするに違いないでしょう。殿は、そのことで頭を痛め、お多栄様をお守りするよう、私たちは仰せつかったのです」

「そうすると、紗代どのは、どちらの派でもない、というのかの？」

「はい。強《し》いて申し上げれば、どちらとも距離を置く第三の派となります」

「第三の派の中心は誰がなっておるのだ？」

「…………」

紗代はまた言い淀んだ。

「心配いたすな。参考に聞きおくだけだ」

「……物頭の松野《まつの》頼知《よりとも》様。殿の腹心中の腹心です」

「松野殿は、お多栄殿の懐妊について、存じておるのかの？」

「いえ。まだだと思います。私もお知らせしておりません」

「ほう。どうしてだ？」

「お多栄様が、まだ内緒にしておいてほしい、と申していたのです。先の二派にご懐妊を知られたら、何が起こるか分からない。それをお多栄様は恐れたのでしょう」

「いつまで隠し通せるかのう？」

「もう、陣内派にも、大河原派にも知られているかもしれませぬ。私たち奥の者にも、両派の間諜が紛れ込んでいると思いますので」

「だろうな。用心した方がいい」

「直接のお付の者ではない私がご懐妊のご様子を知ったのは、姥《うば》のお元《もと》様から聞かされてのこと。いわれてみれば、お多栄様にはご懐妊のご様子が窺え、なるほどと思った次第でした。お多栄様がお屋敷を下がったのも、まだ知られぬうちに、ということでしょう。内々に実家に戻り、安産祈願をして腹帯をなさるためだったのです」

　文史郎は頭を振った。

「御両親から、娘には殿の手はまだついていない、と聞いておったが、それは嘘であったか」

　紗代は周囲にちらりと目をやった。聞き耳を立てている者はいないか、と用心している様子だった。

「お多栄様のご懐妊は確かなのですが、もう一つ、問題があるのです」

「ほほう。それは何なのだ？」

「……赤子は本当に殿の子なのかどうか？」

「なんだって？　お多栄様は殿の子を孕んだのではないというのか？」

　文史郎は仰天した。紗代は妖しく微笑んだ。

「お付の姥のお元様が、教えてくれたのです。もしかすると、お多栄様には、殿のお手がついていないかもしれない、と」

「なぜ、そんなことを姥はいうのだ？」

「お多栄様は奥女中のままでいたい、と。上臈になって、殿のお夜伽《よとぎ》をするのを嫌がっていたらしいのです。殿はお優しい方で無理には女子に迫らない。姥が知る限り、お多栄様は殿の御側に添い寝しても、何もなくお褥《しとね》をお下がりになる場合が多かったというのです」

「なのに懐妊しているのだろう？　いったい誰の子だというのか？」

「さあ。どなたの子なのか、そればかりは当の本人しか、御存知ありますまい」

「もし、細川殿の子だったら、お多栄殿は側室のひとりに上がるというわけだな」

「当然にそうなります」

「もし、細川殿の子でなかったら？」

「殿は、さぞお怒りになられるでしょう。怒りのあまり、お多栄様を成敗なさるかもしれませぬ」

「そうだろうな。お多栄殿が、殿に内緒で不義密通をしたことになるだろうからな」

――女子は恐ろしいものだ。お多栄は何を考えているものやら分からないぞ。

文史郎の心の中にあったもやもやした疑念が、少しずつ消えて行くのを覚えた。

もしかすると、お多栄は悩みに悩んだ末に、狐憑きでもならねば、事は収まらないと思ったのではなかろうか。

神隠しとなったのも、逃げ隠れるための算段なのかもしれぬ。

文史郎は腕組みをし、お多栄の窮状に思いを馳せるのだった。

「もし、お多栄殿を見つけたとしてだ。お屋敷に戻らぬといったら、いかがいたす？」

「……そのときにならねば分かりませぬ。でも、どうしても困ったことになったら、……ぜひに、剣客相談人の文史郎様に相談することになりましょう」

紗代はにこっと笑った。

「やあ、これは一本取られたな」

文史郎は笑いながら頭を掻いた。

――なかなか利発な、いい女だ。

文史郎は丁々発止と臨機応変に返す紗代に少なからず好意を抱いた。

紗代が小声で囁いた。

「ところで、文史郎様。わらわも一つお訊きしたいことがあります」

「何かのう」

「さきほど、文史郎様が爺と呼んでおられる御方が、あなた様を『殿』と呼んでおられました。もしかして、文史郎様はどちらかのお屋敷の殿様、あるいは旗本のお殿様ではありませぬか?」

紗代は悪戯っぽそうな目で文史郎を見た。

文史郎はうなずいた。

「そうか。ばれたかのう。確かに殿様だ。ただし、殿は殿でも、貧乏長屋の殿様。長屋の住民たちは、からかい半分に、それがしを殿と呼んでおる。昔はともあれ、いまは天下の素浪人だ」

文史郎はにやりと笑った。

七

暮れ六ツ(午後六時)の鐘が鳴った。

あたりはすっかり薄暗くなった。秋の暮れ時は釣瓶《つるべ》落としだ。

文史郎たちは筧屋の向かい側にある小料理屋「初音《はつね》」の二階の座敷を借り切り、張り込みを始めていた。

障子戸の隙間から筧屋の店先が見える。暗くなる中、使用人たちが忙しく店仕舞いをしていた。

文史郎と左衛門が交替しながら、障子戸の隙間から筧屋を監視していた。いまは左衛門が筧屋を窺っている。

大門甚兵衛は、文史郎がおおまかに説明すると、たちどころに事情を飲み込んだ。金がからむ話だとなると、大門は自らがいっていることでもあるのだが、異常なほどに知恵が回る、第六感も冴える。

中間《ちゆうげん》の玉吉《たまきち》も、静かに聞いていた。玉吉は昔、文史郎が育った美濃高須藩松平家で中間をしていた男だ。多分、玉吉も事情は分かったことだろう。

大門は箱膳の料理を摘まみながら、大柄な軀に似合わぬ小声でいった。

「それは確かに乳母のお幸と中番頭の豊吉が怪しい。神隠しなんかがあるわけない。わしはもともと神なんか信じてはおらんから、神隠しも信じておらんぞ。なあ、玉吉、おぬしもそうだろう？」

大門は鼻息荒くしていった。先刻までほどほどにといいつつ、少々酒を飲ませたのが、いけなかったかもしれない。

中間の玉吉は頭を左右に振った。

「いや、あっしは、いたって信心深いものでして、神仏をおろそかにするような、バチ当たりはいえませんが、このお多栄さんの神隠しについては信じませんね。殿がおっしゃっておられるように、何かからくりがありそうだ」

文史郎は柱に寄りかかり、腕組みをして考えていた。

「うむ。考えてみれば、女中のお久美も怪しいかもしれぬ。そのうち、誰かが動く。きっとお多栄は店からあまり遠くないところにいるはずだ。彼らが動き出したら、手分けして尾行する。どこへ行くのかを確かめる。いいな」

「承知承知」

左衛門も大門も玉吉もうなずき合った。

「ところで、殿はだいぶ派手に返り血を浴びておったが――」

「うむ」

文史郎は、昼間の立ち合いを思い出した。

――あの浪人者は、何故に拙者を襲ってきたのだろう。

文史郎は、それが気になって仕方がなかった。

現場に残って町方役人の取り調べを受けた爺の話では、役人たちが丹念に遺体を調べたが、やはり身元を明らかにする物は出て来なかったという。

知らせを聞いて現場に駆けつけた南町奉行所同心の小島啓伍が、爺の身元を保証してくれたので、爺はすぐに釈放された。もちろん、文史郎の嫌疑も晴れ、奉行所のお咎めはない。

その後、小島の尽力で、配下の岡っ引きたちが聞き込みを始め、死んだ浪人と似た風貌の侍が、外神田界隈の道場破りをしていたという噂を聞き込んできた。

神田川の貧乏長屋に住んでいるらしい、というところまでは分かったが、それ以上は、いままでのところ分かっていない。

大門が文史郎に囁くようにいった。

「おぬしを襲った浪人者のことだがな。本当に見覚えもない男なのか？」

「うむ。見知らぬ男だった。知っている男だったら、なぜ襲われるのかも、おおよその見当がつく」

「そうか。人に恨まれるようなことはしていなかったか？」

文史郎はうなずいた。

「ううむ、それは、ない。いや、多分、ないと思う」

「本人は知らずとも、何か逆恨みを買っていることがあるかもしれないだろう」

「そうだな。だから、断言はできぬが」

「その男の懐に入っていた三両は、おそらく誰かに依頼されての報酬なのだろう。それにしても、おぬしの命は三両の値打ちしかないのか。ひどく安いな」

大門はにやっと笑った。文史郎は少し傷ついた思いでいった。

「あの浪人者は、よほど金に困っていたのではないか。でなければ、わずか三両で人の命を奪うようなことはすまい。あるいは手付けではないのか？　もし、首尾良く、それがしを仕留めることができたら、依頼人が成功報酬として、さらに多くの金を出そうというのだと思う」

「おそらくそうだろう。おぬしの名誉のためにも、三両ではちとシワイ」

「問題は、その依頼人とは誰なのか、だ」

文史郎は腕組みをし、大きく溜め息をついた。

「殿、爺が思うに、もしかすると、もしかするかもしれませんぞ」

左衛門は障子戸の隙間から外の店を窺っていたが、顔を文史郎に向けていった。

「爺もそう思うか？　実は、それがしも、そんな気がしてきたのだ」

文史郎は答えた。左衛門はうなずいた。

「きっとそうですよ。何かあったのだと思いますよ。殿のお命を狙わざるを得ないような事情が起こったのではないか、と」

「そうでなければいいがのう」

文史郎は左衛門と同時に同じことを考えていたらしいと悟った。阿吽《あうん》の呼吸だ。

大門が怪訝な顔で訊いた。

「殿と爺さん、いったい、なんなんだ、その禅問答のような、訳の分からないやりとりは。もしかすると、もしかするかもしれない？　いったい、何の話なのだ？」

左衛門は笑いながらいった。

「実はな、それがしたちが脱藩した那須川藩で、何か内紛が起こったのではないのか、と思ったのだ。殿にまつわる何かが起こったのではないかと」

「うむ」

文史郎は側女だったお由美のことを思い浮かべた。

正室の萩の方との間には、残念だが、子供はできなかった。奥方から殿には子種がないから子供ができないのだ、といわれ、文史郎は止むを得ず側女の何人かに手をつけた。

その結果、二人の側女に孕ませたので、文史郎には子種がないという噂を覆すことができた。

だが、その代わり、誇り高い萩の方はひどく傷つき、子供を産んだ側女を即刻屋敷から手切れ金をつけて追い出してしまった。合わせて、萩の方は、二人に今後、殿である若月丹波守清胤とは、いっさい無縁である、という一筆まで取っている。

その側女が、在所に住む郷士の娘如月《きさらぎ》と、米穀商の娘のお由美のふたりだった。

如月との間に生まれたのが女の子で、名前は弥生《やよい》。

由美との間に生まれたのが、男の子で、武之臣《たけのしん》であった。

——お由美や武之臣の身に何かがあったのだろうか？　それとも、如月と弥生の身にも何かがあったというのか？

文史郎はふと頭に不安が過《よぎ》るのだった。

「殿、店から女影が一人」

左衛門が囁いた。文史郎も覗いた。

店仕舞いした戸の通用口から、女が忍び出た。風呂敷包みを抱えていた。

年格好から、乳母のお幸だと分かる。

「玉吉、あの女だ。相手に気づかれぬように、うまくつけろ」

「へえ。合点《がってん》です」

　玉吉は身軽に階段を駆け降りて行った。

　左衛門と文史郎は隙間からお幸を窺った。

　お幸は通りに出ると用心深く、左右を見回した。通行人の中に不審な者がいないかどうか、確かめている様子だった。

　お幸は包みを持ち、足早に筧屋から離れ、隣との間にある細小路の闇に姿を消した。

　そのあとを玉吉の黒い影が滑るように追って小路の暗がりに消えた。

　昼間、筧屋の周辺を歩き回って、おおよその地理は頭に入れてある。

　細小路の先には、旅籠町《はたごちょう》に続いている。旅籠が密集した地域だ。まさか、あの旅籠のどれかにお多栄が隠れているというのか？

「殿、今度は豊吉ですぞ」

　爺が囁いた。

　文史郎と大門が障子戸の隙間から覗いた。

　豊吉が通用口から外に出た。背に大きな荷を背負っている。きょろきょろとあたりを窺い、お幸とは反対の方角に歩き出した。

「よし、爺と大門、ふたりで豊吉をつけてくれ。場所が分かったら、どちらか、戻ってくれ。それがしは玉吉のあとを追ってみる。何か分かったら、至急にこの小料理屋に戻る」

「承知した。ま、こちらは任せてくれ」

大門が胸を叩いた。左衛門もうなずいた。

「では、のちほど」

左衛門と大門は揃って階段を駆け降りて行った。

文史郎も大刀を手に立ち上がった。

八

文史郎は「初音」を出て、あたりを見回した。先に出た爺と大門の姿は、すでに薄暮の街に消えていた。

大通りには家路を急ぐ人の影が往来し、駕籠かきの威勢のいい声が響いていた。

文史郎はふと誰かに見張られているような気配を感じた。あたりを見回したが、それも一時で気配は消えた。気のせいかもしれない。

文史郎は通りを歩き、お幸の姿が消えた細小路に向かった。

陽は落ちて、あたりはすっかり暗くなっていた。

細小路の中は表通りよりもさらに薄暗く、行く手は闇になっていた。

文史郎は細小路の奥に向かってゆっくりと足を進めた。小路の中は人気《ひとけ》なく静まり返っている。

天空に下弦の月がかかっているが、塀や蔵の建物に挟まれた小路にまでは月明りは届かなかった。

文史郎は歩きながら、背後に気を配った。誰もつけて来る気配はない。

裏長屋の住民の喚き声や赤子の泣き声が板塀越しに聞こえてくる。

どこかに玉吉が隠れていれば、合図をする手筈になっている。

文史郎は左右の家や蔵に目を配りながら、ゆっくりと歩いた。

細小路は途中からくねくねと家々の間を抜けるようにして裏の通りに続いている。

なおもその通りを掘割に架かった橋を越えて、先に進めば旅籠町に至る。

掘割の橋の手前に稲荷神社の幟《のぼり》が立っていた。柳の長い枝が風に揺らめき、物の怪《け》でも出て来そうに感じる。

文史郎は大刀の柄《つか》に手をかけた。人の気配を感じて足を止めた。

祠《ほこら》の陰から黒い人影がぬっと現れた。

「殿、あっし、玉吉です」

　玉吉の囁き声がした。文史郎は鳥居の陰に身を寄せた。

「お幸の行き先は分かったか？」

「へえ。橋を渡った対岸に、白壁の蔵が建っておりやしょう。どうやら、お幸はあの蔵に入ったようです」

　文史郎は蔵を窺った。蔵の出入り口は土塀に隠れていて、そこからは見えなかった。蔵は表通りに面した二階建ての店の裏庭に建っているようだった。

　蔵の裏手には、枝分かれした掘割が回り込んでいた。

「あの蔵は質屋の鍵七屋《かぎしちや》の蔵でやす。鍵七屋は、この不景気もあって結構繁盛している店でやす」

「ほう、質屋の蔵か」

「お幸は鍵七屋の暖簾を潜り、店に入ったきり、まだ出て来ません。こちらに回って、あの蔵の様子を窺っていたら、灯明の明かりが蔵の出入り口あたりにちらちらと光りました。おそらく、あの蔵の中にお多栄さんはいるのだろう、と目星をつけやした」

「うむ」

　文史郎は鍵七屋の店先を窺った。

店はすでに戸が閉められ、店仕舞いしていた。

「出入り口は正面だけか?」

「いえ、裏口があります。掘割に船着き場の石段がありますから、あの土塀と蔵の間に木戸があるようです」

玉吉は掘割に下りる石段を指差した。

そこからは見えないが、船着き場がある以上、石段の上には裏口の木戸があるに違いない。

かすかに櫓を漕ぐ音が聞こえた。

「……舟が来ます」

玉吉は囁き、祠の陰に隠れた。文史郎も柳の木の陰に立った。

掘割の暗い水面を、大川の方角から猪牙舟の影が滑ってくる。舳先《へさき》の棒に取り付けたぶら提灯が揺れていた。

提灯には、遠目でも分かる筧屋の三角印の家紋がついていた。

舟が近づくにつれ、提灯の仄《ほの》かな明かりに豊吉の顔や姿が浮かんだ。豊吉の足下に大きな荷が置かれていた。出掛けに背負っていた荷物に違いない。

なぜか、豊吉は細小路を通らずに、わざわざ遠回りして舟で来たのだった。

舟は橋の下を潜り、鍵七屋の船着き場に近づいた。

船頭は舟を小さな桟橋に着けた。

「…………」

豊吉は船頭に船賃を払い、大きな荷物を背負い、提灯を手に船着き場の桟橋に移った。

豊吉は石段を上り、土塀と蔵の間に立った。

「…………」

木戸を叩き、小声で何事かをいった。

やがて、土塀の向こう側に明かりが見え、木戸が軋みながら開いた。

豊吉が持った提灯の明かりに、お幸の顔が浮かんだ。お幸は豊吉に何事かをいった。

豊吉の姿は木戸の中に消えた。

「なるほど。そういうわけだったのか」

文史郎はうなずいた。

掘割には、ほかの舟の影はなかった。おそらく、爺と大門は、どこかで豊吉にまかれたのに違いない。

文史郎は玉吉にいった。

「『初音』に戻って、爺と大門を呼んできてくれ。二人は豊吉を見失い、きっと『初音』に戻っているはずだ」

「へえ。合点です」

玉吉はすっと足音もなく立ち去り、細小路の闇に姿を消した。

冷たい秋風が吹き寄せた。文史郎は羽織の前を合わせ、稲荷神社の祠を風除けにした。

それでも夜気は冷えてきた。

手が凍えそうに寒い。

文史郎は、先刻から豊吉が重そうに背負っていた荷物のことが気になった。

まさか、鍵七屋へ質種《しちぐさ》を持ってきたのではあるまい、と思った。

もしかして、豊吉は夜逃げでもしようというのではないか？

ふと、ただならぬ人の気配を感じて、文史郎は顔を上げた。

いつの間に潜んでいたのか、周囲の建物の陰から、いくつもの黒い人影がばらばらっと飛び出し、鍵七屋の店先に殺到した。

いましも、さらに数人の人影が細小路から走り出て、稲荷神社の前を通り過ぎた。

足音を立てて橋を渡った。

いずれも黒装束に身を固め、長提灯を手にしている。

総勢十人。

黒装束たちは鍵七屋の前に、ばらばらっと散開した。

一人が鍵七屋の戸を手荒く叩いた。

「…………」

やがて通用口の戸が細めに開いた。中から一条の明かりが漏れ、それと一緒に男の顔が現れた。

男は黒装束たちの姿を見ると、慌てて戸を閉めようとした。黒装束は戸を蹴破り、長提灯を掲げながら、家の中に突入した。

押し込み強盗？

文史郎は稲荷神社の祠から飛び出し、橋を渡った。戸を蹴破られた鍵七屋の前に駆けつけた。

番頭や手代、女中やらが、悲鳴を上げて、店の中から飛び出してきた。

番頭たちは、文史郎を見ると、へなへなとその場に座り込み、命乞いをした。

「なにとぞ命ばかりは、お助けください」

「間違えるな。それがしは、やつらの仲間にあらず。お助けいたす」

文史郎は刀の鯉口を切り、柄《つか》を押さえながら店の中に踏み込んだ。

黒装束たちは店の奥に押し入り、だんびらをちらつかせながら、鍵七屋の主人夫婦を取り囲んでいた。長提灯の明かりの下で、主人夫婦は抱き合っている。

「……どこにおるか？」

頭らしい黒装束が怒鳴った。

「存じません。人違いです」

主人夫婦は震える声でいっていた。

頭の黒装束はあたりを見回し、部下たちに命じた。

「……裏庭の蔵だ。裏の蔵の中を探せ！」

数人の黒装束が障子戸や襖をぶち破り、裏庭へ走り出して行った。

「待て待て待てい！」

文史郎は大声で黒装束たちに叫んだ。

黒装束たちは文史郎を見ると、一斉に刃を向けた。

「邪魔立ていたすな！　邪魔をすれば斬る」

黒装束の頭《かしら》らしい影が大声でいった。

文史郎は大刀を抜いた。手のうちで、大刀の峰を返した。

「そうはいかぬ。武士として、こんな乱暴狼藉《らんぼうろうぜき》を見て見ぬ振りをするわけにはいかぬ」

「おぬしには関係ないこと。手出し無用」

黒装束たちは口々にいった。

「おぬしら、侍だな？　どこの御家中だ？」

「問答無用！」

叫ぶなり、一人の黒装束が大刀を水平に持ち、刺突しようと突進して来た。

文史郎は大刀で黒装束の刀を打ち下ろし、その男の胴に峰打ちを食らわした。

黒装束は胴を払われ、勢い良く、土間に走り込んで転がった。

「おのれ！　やったな」

別の黒装束が大刀を振りかざして文史郎に打ち込んできた。文史郎は身を屈め、黒装束の足に峰打ちを叩き込んだ。

悲鳴を上げて黒装束は前のめりに転がり、座り込んだ。

三人目の黒装束が文史郎に斬りかかろうとしたとき、奥の蔵の方から、数人の黒装束が駆け戻った。

「お頭《かしら》、蔵には、誰もおりませぬ」

女の声が聞こえた。文史郎は訝った。聞き覚えのある声だった。

頭らしい黒装束が念を押すようにいった。

「何、誰もいないだと！」

「はい」

「よく探したのか？」

「はい、隈なく探しましたが、どこにもおりませぬ」

黒装束の女がいった。文史郎は「おやっ」と思った。聞き覚えのある声だった。頭の黒装束は大声で部下たちに叫んだ。

「……しくじったか。みな、引け引け！」

「引き揚げだ！」

「引け引け」

黒装束たちは互いに言い合い、文史郎を避けるようにして、店の外に飛び出して行った。

「ほれほれ、怪我をした仲間を忘れずに連れて行けよ」

文史郎は土間に蹲《うずくま》っている黒装束の二人を刀で差した。黒装束たちは怪我をした仲間を抱え起こして外に出て行った。

「……」

黒装束の女が脇を抜けたとき、文史郎にかすかに会釈するのを感じた。

頭らしい黒装束は全員が引き上げるまで、文史郎に対峙し、刀を向けていた。

凄まじい殺気を放っている。

この男はできる、と文史郎は思った。

最後の黒装束が引き上げたところで、頭はさっと刀を引いた。

「御免」

頭は文史郎に正対したまま、くるりと踵を返して、土間に飛び降りた。男は風のように外へ走り去った。

文史郎は刀を腰に納めた。まだがたがたと震えている主人夫婦に声をかけた。

「もう大丈夫だ。安心されよ」

「あ、あなた様は？」

「剣客相談人、大館文史郎」

「あなたが剣客相談人の文史郎様」

「ああ、よかった。助かった」

夫婦は口々にいい、文史郎に両手を合わせた。

「ありがとうございます」

「一時は、どうなることかと生きた心地もしませんでした」

番頭や手代、女中たちも、外からぞろぞろと戻り、踏み倒された雨戸や障子戸を片づけ、元に戻しはじめた。

女中たちが土足で荒らされた部屋の中を奇麗に掃除を始めた。

そこへ、玉吉を先頭にして、あたふたと爺や大門が駆けつけて来た。

「ああ、間に合わなかったか」

「殿、お怪我は？」

新たにどやどやっと駆けつけた大門たちに、鍵七屋の奉公人たちは、また黒装束たちが戻ったか、と浮き足立った。だが、文史郎の仲間と分かり、腰を落ち着けた。

文史郎はみんなが落ち着いたところで、あらためて鍵七屋の主人夫婦に訊いた。

「さて、ご主人。こちらに、筧屋の豊吉さんと、乳母のお幸さんとが来たはずだが、どこにいるのかの？」

「……裏の蔵の中にいるはずです」

「二人のほかにも、筧屋のお嬢さんを隠しておらなんだか？」

「…………」

主人夫婦は顔を見合わせ、言うまいか言おうか、迷っているようだった。

「ご主人、悪いようにはせん。正直に教えてくれれば、あの連中が戻って来ても、おぬしたちを守ってやる」

「分かりました。お幸の頼みで、筧屋さんのお多栄さんを預かっていました」

「お幸さんの頼み？　ご主人とお幸さんは、どういう間柄なのかのう？」

「お幸は私の妹です」

「そうだったのか。では、済まないが、蔵へ案内してくれないか」

「はい。案内いたします。番頭さん、明かりを持ってきてくれないか」

主人は番頭にいった。

「へい。ただいま」

番頭は女中に手燭を持ってくるように命じた。やがて、台所から女中が手燭をいくつも運んで来た。

「では、こちらへ」

主人は手燭を掲げて、先に立って歩き出した。

「おかしいな。あやつらは蔵には誰もいない、といっておったが」

文史郎は訝った。

「あの蔵にはからくりがありましてね。そう簡単には見つからないようになっているのです」

「ほう」

「まあ、ご覧になれば、一目瞭然です」

主人は、そういいながら廊下を抜け、裏庭に出た。

蔵は明かりもなく真暗だった。

蔵の扉の錠は壊され、扉は開け放たれたままになっていた。

主人は入り口に立った。暗がりに向かって大声でいった。

「お幸、私だ、平造《へいぞう》だ。もう安心だ。出て来ておくれ」

返答はなかった。主人は手燭を天井にかざしながらいった。

「一緒においでの方は、剣客相談人の文史郎様だ。心配ない。文史郎様たちが助けてくれたのだ」

突然、天井の一角に口が開いた。鎖ががらがらと音を立て、長い梯子《はしご》が斜めに下りてきた。

「天井裏に、もう一つ隠し部屋がありましてな。そこに、お幸たちは隠れていたのです」

梯子が床に着くと、やがて、豊吉に手を取られた若い娘が梯子を一段一段踏みしめるように降りてくるのが見えた。

「さ、お多栄様、足下にお気を付けて」

娘の後ろからお幸が声をかけた。

「コン」

お多栄は返事の代わりにいった。

文史郎は一目、娘を見て驚いた。

手燭の灯火に照らされた娘は、白い肌をした美しい顔をしていたが、両目が吊り上がり、真赤な唇を突き出して、まさしく狐を思わせる顔をしていた。

大門が大声でいい、頭を振った。

「あらら、ほんとうに狐憑きではないのか」

「ほんとだ」

爺も呆然として降りて来るお多栄を眺めていた。

九

四千石の旗本能勢熊之助の屋敷は、神田和泉町にあった。能勢屋敷には、狐憑きを一目見ようという物見高い見物人たちで大賑わいだった。

屋敷の庭の一角にある稲荷神社には、信心深い庶民たちが、屋敷の開門と同時に押しかけ、列をなして参拝している。賽銭箱にはひっきりなしに銭が投げ入れられ、油揚がお供えされていた。

昨今、狐憑きになる者が多いのか、お狐様を追い払う効験あらたかな『能勢の黒札』が飛ぶように売れていた。

文史郎は世間体を気にして嫌がる寛屋の伴兵衛を無理矢理説得して、お多栄を駕籠に乗せ、野次馬で賑わう能勢屋敷へ運び込んだ。

駕籠の後ろから紋付羽織を着込んだ寛屋の伴兵衛と、内儀のお町があたふたとついて来た。

万が一に備えて、爺と大門が駕籠の左右を固め、お多栄の護衛にあたった。

人混みを掻き分け、ようやくにして、駕籠を屋敷の御堂の前に運び込んだ。

御堂の祭壇の前に座ったお多栄を一目見た能勢熊之助は、匙《さじ》を投げるようにいった。

「御両親、こりゃあ、駄目だ。完全に行っているでな」

「能勢様、そんなことをおっしゃらずに、ぜひに、狐を追い払っていただきたい」

「そりゃ、やってはみるが、駄目なものは駄目だ。あきらめた方がいいぞな」

「能勢様、そんなことをおっしゃらずぜひとも、うちの娘お多栄に憑いた狐を追い払ってください。なんでもいうことを聞きます。お金ならいくらでも積みましょう」

「金とかの問題ではないな。御両親、お狐様が憑いたのには、何か理由があるんじゃ。それを解決せんと、お狐様は一生、この娘に憑いて離れない」

「その理由とは？」

「この娘についているお狐様に話を聞いてみんとな。分からん」

「ぜひ、理由を聞いていただけませんかな」

「まあ、やってしんぜよう」

能勢は神主の衣に着替え、お多栄を注連縄《しめなわ》で囲った法界《ほっかい》に座らせた。それから、小半刻、能勢神主は護摩壇に向かって一心不乱に祝詞《のりと》を唱え、ついで、護摩を焚きながら、煙でお多栄を燻《いぶ》し、気合いを掛け、狐の追い出しにかかった。

「キエエイッ」

能勢神主は汗びっしょりになって、呪文を唱え終え、お多栄の前にどっかりと座った。

お多栄は、あいかわらず、狐のような顔をして、ぼんやりとあらぬ方向を見つめていた。

「能勢様、いかがでしょうか？」

伴兵衛がおそるおそる能勢に尋ねた。

「……親御さんは黙って見てなさい。これで狐が出て行かなかったら、もうあきらめるのだな」

能勢は「稲荷大明神」正一位と書いてある黒札をお多栄の額に貼った。お多栄はとろんとした目で黒札を見つめた。寄り目になった目つきは、さらに狐を思わせる顔になった。

「出て行かんのう」

「コン」

お多栄は手を前に垂らして鳴いた。

「なぜ、出て行かんのだ？」

「コンコン」

「なに、出て行ってもいいだと？」

「コン」

たまりかねてお町が訊いた。

「あのう、娘はなんといっておるのでしょうか？」

「うるさい。娘がいっているのではないぞ。お狐様がいっておるんだ」

能勢はお多栄のとろんとした顔の口に耳を寄せた。

「なになに？」

能勢はうなずき、大声で伴兵衛にいった。

「なんと、娘はお腹にややこがいるというてるぞ」

「なんですって？」

伴兵衛は仰《の》け反《ぞ》った。

「どなたのでしょう？　もしや……」

お町が膝を進めた。

能勢はお多栄の口に耳を寄せ、「ふむふむ」とうなずいた。

「この場に、いる男との間の子だ」

「この場にいる男ですと？」

伴兵衛とお町は周囲を見回した。

周りには、文史郎をはじめ、大門、左衛門、玉吉、それに番頭の豊吉しかいない。そのほかは、ただの野次馬だった。

「お狐様、いったい、相手は誰なのかな?」

「コン」

お多栄は首を回し、あたりを見た。あいかわらず目は焦点が合っておらず、どこを見ているのか分からない。

「指を差してご覧」

「コン」

お多栄はのろのろと右手を上げ、人差指をさまよわせていたが、やがてぴったりと豊吉を指差した。

「豊吉、おまえ、ほんとにお多栄と」

「旦那様、申し訳ございません。どうか、お許しくださいませ」

豊吉はその場で土下座して謝った。

「な、なんですか。豊吉、あなたとお多栄は出来ていたというのかい?」

お町も目を丸くしていった。

「はい、申し訳ございません」

「細川様のお手がついたとばかり思うておりましたが……」

伴兵衛は呆然として豊吉とお多栄を見比べていた。

「いいや、許しませんよ。どんなことがあっても、まだ中番頭でしかない豊吉に、大事な娘のお多栄を上げることなんか、許しませんよ。たとえ、ややこが豊吉との間の子だとしても」

「私とお多栄様は、互いに、いつか夫婦になろうと言い交わしておりました。それが、突然、細川様のお屋敷に上がることになりまして、あまりの悲しさに、お多栄様は気が触れて、狐憑きになられたのです」

豊吉は泣き伏した。

「コン」

お多栄はうつろな目で祭壇の方を見ているだけだった。能勢がお多栄の口元に耳を寄せた。お多栄が何事かを話していた。

「ふむふむ。豊吉といっしょにしてくれなければ、お狐様のお嫁になるというのか。そうなると、一生狐憑きは治らないし、生まれる子もお狐様の子となるというのか？」

「コン」

お多栄はやけにはっきりと鳴き、伴兵衛を振り向いて、じろりと細い目で睨んだ。ついで、かっと真赤な唇の口を開き、伴兵衛を威嚇するように鳴いた。

「ココーン」

「ご主人、お狐様はお怒りになっておられるぞ。おぬしの商店はおまえ一代で終わりだ、と申されているが。それでいいのか？」

「へへえー。ご勘弁を。平《ひら》にお許しを。お狐様のいうことはお聞きします。豊吉との祝言も挙げさせます。どうか、どうか、お許しください」

伴兵衛とお町は畳に額を擦り合わせるようにして平身低頭した。

能勢熊之助は、じろりと文史郎を見た。

（これで、いいかのう？）

と能勢は笑いながら目でいった。

（上々です）

文史郎は能勢に大きくうなずいた。

十

お多栄を載せた駕籠は、能勢屋敷の門から出て行った。豊吉が駕籠の横に付き添い、反対側には、母のお町や乳母のお幸が付いている。伴兵衛はさっぱりした顔で、駕籠を先導するように歩いていた。

「あれで、よかったのですかな」

大門が文史郎にいった。

「うむ。あれでいい」

左衛門が脇から訊いた。

「結局、お多栄に狐が憑いたというのは、でたらめだったのですかの?」

「いや、狐が憑いたのは、ほんとうのことだ」

「では、狐憑きは治らないのですかの?」

「まあ、そういうことになるな」

文史郎は通りに小さくなって行く駕籠を見送った。

野次馬たちの中から、一人の町娘が、そっと文史郎の隣に寄ってきた。

「文史郎様、ちょっと」

文史郎は町娘に袖を引かれて、門前に出た。

「やはり、紗代だったか」

文史郎は娘が発している仄かな甘い花の香りに鼻をひくつかせた。あの黒装束の女からも嗅いだ匂いだった。

「紗代、おぬしも、いまのやりとりを聞いただろう？」

町娘に化けた紗代がうなずいた。

「お多栄様の狐憑きは一生治らないのですね」

「そうだ」

「お腹のややこは、殿の子ではなく、あの豊吉の子だというのですね」

「うむ。お多栄が、そういうのだから、豊吉の子だろう。当の本人でなければ、ややこのほんとうの父親は分からぬからな」

「分かりました。殿や物頭《ものがしら》には、多栄様の狐憑きの病は治らず、お腹の子は殿の子にあらずと報告しておきます。これで一件落着。二度と、お多栄様はお命を狙われることはないでしょう」

紗代はにこっと笑った。

「ところで、紗代、鍵七屋で、おぬしたち、あのとき、お多栄を見つけたら、どうするつもりだったのだ？」

「……お命を頂戴していたことでしょう」

「なぜだ？」

「死人にお世継ぎの子なし。誰のややこであれ、少しでもお世継ぎの地位を危うくする者は葬り去る。それが頭《かしら》の命令です」

紗代は冷ややかな笑みを浮かべた。

「おぬしは、いったい、何派なのだ？　家老の陣内派か、それとも中老の大河原派なのか？」

「先に申しましたよ。どちらでもないと。私たちは殿の密命を受けて動いています。殿のお考えはこうです。殿のお手がついたのに、戻らぬ女のややこは、すべて後顧の憂いなきよう処分せよ、です。御家騒動の種は、芽のうちに摘め、ということです」

「……冷酷だな」

「それが御家騒動というものでしょう。若月丹波守清胤様も、よく御存知のはず」

紗代は、あなたのことはすべて分かっていますよ、という顔で笑った。

野次馬の中から、町人の格好をした男が紗代に目配せをして人垣から離れた。

「いまの男は、もしかして……」

「お頭です。もう、文史郎様とお別れしろ、という命令です。仲間があそこで待っています」

紗代は門前に集まっている若衆を目で差した。町人のふりをしているが、いずれも武家だと分かる面構えをしている。

「もう一つ、訊く。お多栄が、ここで正気になっていたら、どうするつもりだったのだ？」

「お答えしなくても、お分かりでしょう？　そのために、お頭をはじめ、みんな集まっていたのですから」

紗代はにこっと笑い、踵を返して、若衆たちの方に急ぎ足で去った。文史郎は紗代の艶のある丸い尻を目で追っていた。

いい尻をしている。いい女だ、と文史郎は思った。

左衛門が文史郎の前に立ち塞がった。

「殿、どうしました？　鼻の下が少々伸びていますぞ。みっともない」

「ほんと。文史郎、あの女、何者だ。わしに紹介しろ。わしの好みの女だ」

大門が腕組みをしながら文史郎にいった。

文史郎は溜め息をついた。

「いやはや、女は恐い。狐憑きのお狐様なんか可愛いものだぞ」

十一

豊吉は寝床に横たわったお多栄のお腹を愛しそうに撫でた。日が経つにつれ、お多栄の腹は大きく張り出してくる。

「あなた、私は豊吉といっしょになりたいために、狐憑きになって、お屋敷下がりになれたのよ。分かっていて?」

「ああ、分かっているさ」

「狐と狸の化かし合いみたいなもの。どんなに殿のお夜伽をさせられても、私は決して豊吉のことを忘れないでいたわ」

「ああ、分かっている」

豊吉はふと内心不安を覚えた。

殿の夜伽をさせられたということは、お手がついているということではないか。だとすると……。

「お多栄、正直に答えてくれ」

「コン」

お多栄はふざけて答えた。

「この子は、ほんとうに俺の子なのだろうな？」

お多栄は豊吉の真意を探るようにじっと見つめながら、すぐには答えなかった。

「……もしも、あなたの子でなかったら、あなたは、どうしますの？」

お多栄は狐のような目付きで、豊吉を見つめ、ふっと笑った。

「まさか……」

豊吉は息を飲んだ。恐ろしくて訊くことができなかった。

「コーン」

お多栄は笑いながら、狐のように長い長い尾を引いて鳴いた。

第二話　その猫を探して

一

文史郎は裏店の井戸端の近くで、木刀の素振りをくりかえしていた。

気合いを込めて素振りを続けていると、暖かい陽射しの下ということもあって、たちまち全身から汗が噴き出して来る。

お昼過ぎの、家事が一段落して一番のんびりしている頃合だったので、井戸端には、いつも屯《たむろ》して洗濯をしている長屋のうるさいかみさん連中の姿はなかった。

ずらりと並んだ物干し台の竹竿や紐には、色とりどりの腰巻やら子供の着物、さらには黄ばんだ六尺褌《ふんどし》などが吊るされ、天日干しにされていた。

「へえ、御免なすって。毎度、ありがとうございます。毎度おなじみの汲み取り屋でございｆ」

裏木戸を開けて、両天秤に肥桶《こえおけ》を下げた男が、愛想よく文史郎に挨拶をしながら入ってきた。

「おお、ご苦労さん」

文史郎は木剣振りをやめ、挨拶を返した。

汲み取り屋は近郊の百姓農民らしく、年寄りと若い百姓の二人連れだった。

顔付きがどこか似ているので、きっと親子なのだろう。

泥や土まみれで薄汚れた野良着は、肩や背中、肘や膝に大きな継ぎ接《は》ぎが当たっていた。二人の顔は陽焼けして赤銅色《しゃくどういろ》だった。爺さんの方は額や喉の皮膚がたるんで皺だらけだったが、若い農夫の方は頬はぱんぱんに張って、いかにも健康そうだし、野良仕事で鍛えたのだろう、腕や足の筋肉が隆々として逞しい体付きをしている。

「……旦那ですかの。安兵衛《やすべえ》長屋の名物殿様っていうお人は？」

肥びしゃくを肩にした年寄りが、文史郎を上から下までまじまじと見ながら、欠けた歯を見せて笑った。

「名物殿様……？　まあ、そんな噂も広まっているのか」

「そうでがんす。江戸には、いろいろ名物があっけど、長屋の殿様っていうのは、あんまねえですもんね。こんな間近でお殿様を見ることができるなんて、孫へのみやげ話になっぺ。いんやほんどに珍しいべ」

「………」

文史郎はひどく心が傷ついた。

――爺の左衛門といい、この年寄りといい、どうして、人は歳をとると、こんな風に人が傷つくのも構わず、ずけずけとものを言うことができるのだろうか。

歯っ欠け爺さんは厠の戸を開け、便器を覗き込んだ。

「おお、いい肥が溜まってる溜まってる。さすが殿様がいる長屋の肥溜は、匂いもえのう。まるで黄金が溜まってるみてえだべ」

「ほう。そうかのう」

――己《おのれ》には、ただの人糞尿にしか見えないのだが、見る人によっては、黄金に見えるものか。

と文史郎は感心した。

「殿様、これから汲み取りすっけど、糞するなら、いまのうち済ませてくんねえかな。きっと殿様の糞が一番いいんでねえか」

歯っ欠け爺さんはふぁふぁと空気が漏れるような声で笑った。

若い農夫が桶を並べ、爺さんを促した。

「とっつあん、ぐずぐずしてねえで、早く汲み取りすっぺ。ほかにも今日中に汲み取りに回らねばなんねえんだから」

「あいな。じゃあ、始めっか」

爺さんは長い肥びしゃくを厠の肥溜に突っ込み、掻き回しはじめた。

ウォーンと羽音を立てて、銀蝿金蝿の群れが舞い上がった。

爺さんが無造作に肥を掻き回す度に、強烈な臭いが湧き上がる。

――それにしても臭い。さっき食べた昼飯も戻しそうだ。

文史郎はたまらず鼻を摘まみ、ほうほうの体《てい》で、厠の前から退散した。後ろで歯っ欠け爺さんの気の抜けた笑い声が響いていた。

家の前の小路には、子供たちが輪になって集まっていた。子供たちはいつになく静かで、輪の中を覗き込んでいた。輪の中に何かいるらしい。

文史郎は木刀を肩にして、手拭いで顔や首筋、胸元の汗を拭いながら、子供たちの輪を覗き込んだ。

ミャーウ、ミャーウ。

細くて弱々しい鳴き声が聞こえた。

しゃがみ込んだ一人の女の子の胸に白い毛の生き物が抱かれて蠢《うごめ》いていた。

「ほほう、子猫ではないか」

「あ、殿様だ」

「そうだ。殿様にお願いすればいい」

「殿様は剣客相談人だもんな。なんでも相談に乗るという話だもんな」

「殿様に頼も。な、そうしよう、チカちゃん。きっと殿様が探してくれる」

子供たちは幼い女の子に口々にいい、周りでわいわいと喧《やかま》しく騒ぎ出した。

子供たちに取り囲まれた幼い女の子は、安兵衛長屋では見たことのない子だった。

頭は可愛らしい芥子《けし》の銀杏髷《いちょうまげ》を結い、こざっぱりした木綿物の着物を着せられていた。着物は新しいものではない。何度も洗いさらしたもののようだったが、継ぎ接ぎはまったくない。広袖の着物で、肩上げや腰上げなどの縫い上げをしてあった。

いいところの商家の子のようだった。

「おやおや、どうしたというのだ？」

文史郎は木刀を杖にして、女の子の傍にしゃがみ込んだ。

女の子は大きな目に涙をいっぱい溜めていた。泣いていたらしく、まだぐすんぐすんとしゃくりあげていた。

「おうおう、どうした？　誰かにいじめられたのかい？」

文史郎は優しい声でいった。

「違うわい、この子は迷子なんだぜ。知らぬ間に、ここへ迷い込んできたんだい」

子供たちの中で一番腕力の強い餓鬼大将の藤二郎《とうじろう》がいった。藤二郎は桶屋の息子で、六人兄弟姉妹の次男坊だ。

「おう、そうか。泣いているから、つい、そう思ってしまったのだ。許せ」

「いいよ。殿様」

「で、お嬢さんのお名前は何というのかな？」

「チカちゃん」

「いくつかの？」

「………」

女の子は片手の指を四本開いた。文史郎をすがるような大きな瞳で見上げた。

——四つか。それがしは、こんな幼女の泣き顔に弱い。

文史郎は内心、側女《そばめ》だった如月との間の幼女弥生を思い出した。弥生も、この子と同じくらいの年齢になっているはずだ。

「どこから来たのかの？」

幼女は東の方角を指差した。

「お家は、どこ？」

「…………」

幼女は知らないと首を振った。

「お父さんのお名前は？」

「……おとうさま」

「では、お母さんのお名前は？」

「……おかあさま」

「名前だよ。おかあさまではなくて、お名前」

「……おかあさま」

幼女はしくしくと泣き出した。

「まいったなあ。チカちゃんが悲しいと、それがしも悲しくなる」

文史郎は問いを変えた。

「お兄さんやお姉さんはいるのかな？」

「お鶴《つる》姉さん」

「おう、そうかお鶴姉さんがいるのだな」

「お滝《たき》婆さま」

「そうか、そうかお滝婆さんだな」

文史郎はようやく手がかりらしい名前を聞いて、ほっとした。

「殿、何をなさっているのです？」

爺の声が頭上から聞こえた。見上げると、爺の顔が覗いていた。

「困りますな。大のおとなである殿が、そんな幼子をいじめては。おうよしよし、ごめんなさいな。もう大丈夫、爺やが来たからには……」

爺は子供の輪を掻き分け、幼女の傍にしゃがみ込んだ。

文史郎は不機嫌な声でいった。

「爺、誤解するな。拙者は迷子になったこの子から、親御さんの名前や家を聞き出そうとしているのだからのう。なあ、藤二郎？」

文史郎は藤二郎に助けを求めた。藤二郎は子供のくせに生意気に、にやにやしているだけだった。

爺はなおも幼女に話しかけていた。

「いいかい。悪い大人が多いからねえ。甘い言葉には気をつけるんだよ。いいね。爺やが守ってあげるからね」

「爺ちゃん?」

幼女は爺に親しみを覚えたらしい。爺に笑みを見せた。

「おう、笑った笑った。いい子だいい子だ」

爺は幼女の頭を撫でた。

——揃いも揃って。

文史郎はご機嫌斜めだった。だが、幼女相手に怒っては、男がすたる。文史郎は我慢して、つとめて優しい声で幼女にいった。

「チカちゃん、私が必ずお家に連れ帰ってあげるからね」

「殿、それがしもですぞ。お家捜しは、殿よりもそれがしの方が得意です」

爺が脇から口を出した。

「分かった分かった。私と爺で捜してあげる」

突然、チカが文史郎と左衛門にいった。

「タマも探して」

「タマ?」

文史郎は爺と顔を見合わせた。

藤二郎がいった。

「子猫のミイのお母さんだよ。チカちゃんが抱いている子猫はみいみい鳴くからミイなんだって。タマはミイのお母さん猫だって」

チカは胸に抱いた白い毛の子猫を両手で差し上げた。

「ミイちゃん」

持ち上げられたミイは、小さな手に爪を出し、みゃあみゃあと鳴きながら暴れ出した。

チカはミイを胸に戻した。ミイはすぐに静かになった。

「母親猫のタマを探してほしい、というのだね？」

チカはこっくりとうなずいた。

藤二郎が子供たちを代表するようにいった。

「相談人の殿様、おれたちからもお願いだ。チカちゃんのためにタマを探してあげて。チカちゃんは、タマを探しているうちに、ここへ迷い込んだらしいんだから」

「ううむ」

文史郎は顎を撫でた。爺が頭を振りながらいった。

「殿、狐のあとは、猫ですかのう」

「ま、そういうことになるな」

チカはまたすがるような眼差しで文史郎と左衛門を見つめた。

——女の子というものは、こんな幼女のころから、男の心を惑わせるような仕草や眼差しを身に付けているのか。

案の定、爺が陥落した。

「分かった分かった。チカちゃん、爺やが殿といっしょにきっとタマを探してやるからね」

——やれやれ、爺も口ほどになく、女子《おなご》には弱いらしい。

と文史郎は内心で思った。

二

秋の夕暮れは早い。暮れ六つを過ぎると、見る間に町は暗くなる。

猫のタマ探しはともかくとして、まずは幼女のチカを家に帰すのが先決というので、チカの家探しから事は始まった。

猫の行動半径は高《たか》が知れている、しかも幼女の足である、母猫のタマを追いかけて家を出て、道に迷い安兵衛長屋に着いたのだから、それほど家は遠くあるまい。そう侮《あなど》ったのが間違いだった。

アサリ河岸から、周辺の日本橋界隈を、チカと子猫を連れて、日が暮れるまで半日、歩き回ったのだが、チカは一向に自分の家を見つけることができなかった。

まだ四歳の子だ。半日、ずっと歩かせるわけにはいかないので、文史郎は爺と交替交替で、チカを背負い、歩き回った。

途中、むずがるチカを宥《なだ》めすかし、菓子屋で甘味を食べさせたり、蕎麦屋でソバを食べさせたりした。

腹を空かしてミュウミュウ鳴く子猫のミイには、何を飲ませたらいいのか分からず往生《おうじょう》した。だが、子供の藤二郎たちが機転をきかせ、どこからか山羊《やぎ》の乳を仕入れてきたので、それをお湯で少し薄めてミイに飲ませ、当座を凌ぐことができた。

足を棒にして、あちらこちらをほっつき歩き、軒並み商家を訪れ、チカに心当たりはないか、と尋ね歩いたものの、結局、誰も見覚えがない、と無駄骨に終わってしまった。

仕方なく長屋にチカを連れ帰ったが、チカは子猫のミイといっしょに「お母さん、お母さん」「ミュウミュウ」と泣くばかり。

爺も文史郎もほとほと弱り果て途方に暮れてしまった。

「まあまあ、いったい、どうなすったんです」

チカの泣き声を聞きつけた向こう三軒両隣のおかみさんたちが駆けつけてくれなかったら、文史郎も爺も、チカといっしょになって泣いていたところだった。

いまは、チカは隣の精吉《せいきち》の女房お留《とめ》に引き取られ、子沢山《だくさん》の子供たちといっしょに雑魚寝《ざこね》をして眠っている。

大門甚兵衛が足音高く駆けつけた。

「隣のかみさんから、事と次第を聞いたぞ。なになに、今度は迷子の女の子の家探しなんだって？」

「そうなんだ」

文史郎はこれまでのいきさつを話した。

「家探しの、何かいい考えはござらぬかのう？」

「…………」

大門は腕組みをし、天井をじっと睨んでいたが、突然、膝をぽんと叩いた。

「我に一計ありだ。俺に任せろ。こういう家探しや人探しをさせたら、俺は天賦の才能を持っている」

大門は爺にいった。

「筆と墨、それに少々紙がほしい」

「何を書くのかのう？」

「まあまあ、見てなされ」

大門はにんまりと笑った。

爺が墨を擦り、筆と習字用紙を用意すると、大門はそれらを手にいそいそと出て行った。

隣の精吉の家へ行ったらしく、薄い壁越しに、精吉とお留、大門がしきりに話し合う声が聞こえた。

しばらくして戻ってきた大門は、満面に笑みを浮かべて、何枚もの習字用紙を文史郎と爺の前に広げた。大門は筆に墨をつけ、少しも迷わず紙に筆を動かした。

「おう、これは見事よのう」

思わず、文史郎は声を上げて誉めた。

紙には、白い子猫のミイを抱いた芥子銀杏髷も可愛いチカの似顔絵が描かれていた。

紙の下に「おチカ嬢お預かり申す。知己《ちき》の方、至急に連絡を乞う」と書かれ、連絡先として「安兵衛長屋の殿様文史郎」と記されてあった。「連絡をしてくれた人には賞金三両進呈」ともあった。

爺が大門に訊いた。

「この賞金は、いったい誰が用意するのですかな？」

「もちろん、殿に決まっておろう。狐憑きで、大金が入ったところだからのう」

大門は笑いながらいった。

文史郎はチカの絵を見ながら、呆れたようにいった。

「それにしても上手だ。額や目のところ、口元なんか、実物にそっくりだ。大門、おぬしに、こんな絵心があったとは知らなんだ」

「どうだ？　上手《うま》いだろう？　これでも、俺は藩内で一番の絵師といわれたものだった。それを思い出したよ」

「これをどうするのだ？」

「大量に作成して、番屋や町の通りの一番目立つところに貼って、あとはチカちゃんの親御さんなどからの連絡を待つのみ、というわけだ」

「しかし、大量に作成するといっても、それがしも、爺も絵心はないから」

「心配いたすな。それがしが、今夜徹夜で作成しておく。明日は、手分けして、似顔絵を持ち歩き、商店街や問屋街、旅籠町やら職人町にばら撒いてみるのだ。きっと、反応がある」

大門は自信たっぷりにいい、自分が描いたチカの人相書きに見入っていた。

三

大門は公言した通り、翌朝までに、二百枚にものぼる似顔絵を描き上げていた。人間、どんなところに才能があるか、分からない。大門のような鍾馗《しょうき》様を思わせる無骨者に、まさかこのような繊細な似顔絵が描けるような絵心があるとは……文史郎は信じられない思いで、大門を見直した。

大門を初めて見たチカは恐がって泣き出すどころか、「熊さん」と駆け寄り、大門の髭面を抱きしめて撫で撫でした。そのお陰で、大門もまた爺や同様、チカにすっかり陥落させられてしまった。

「さあ、チカ姫のために配りましょうぞ」

徹夜明けで真赤な目をした大門は、いつになく張り切っていった。

文史郎と左衛門、大門の三人は、早速手分けして町内各所に散り、チカ姫の可愛い似顔絵を手に聞き込みを始めた。

通りの商店の店先《たなさき》や、参拝客がたくさんいる神社仏閣、辻辻の板塀や辻番所の掲示板にチカ姫の似顔絵入り手配書を貼って回った。

大門はチカ姫を肩車し、日本橋の商店街を行ったり来たりし、大道芸人ばりに大声で通行人に呼びかけた。

「この子のお母さん、お父さんを探してます。この可愛いチカ姫に見覚えがある方、心当たりのある方はおりませぬか！」

文史郎は、さすがに、そこまではできず、大門のあとについて歩き、野次馬や見物人の中に、チカ姫に反応を示す人はいないか、と見て回っていた。

チカ姫は、初めこそ、大門に肩車されて大はしゃぎをしていたが、あちらこちらを動き回るうちに、次第に疲れてしまい、ついには爺や文史郎の背中に背負われて眠りについてしまった。

その寝顔の可愛いことと。文史郎も爺も、大門もすっかりチカ姫が気に入ってしまい、この娘のためなら、なんでもしよう、という親馬鹿の気分である。

「チカとは、どう書くのかのう」

文史郎は首を傾げた。爺はいった。

「おそらく、千香とか千加とか知加とか、可愛らしい女子の名前ではありませぬか？」

「千夏、茅華、智佳とかもありますな」

と大門も考えをいった。

文史郎は江戸藩邸にいたときに、千加という美しい腰元がいたのを思い出した。

「うむ。とりあえず千加とでもしておこうか。どうかのう」

「千加ですか。は、結構です。殿の御意《ぎょい》のままに」

爺はにやっと笑い、賛成した。爺もきっと千加という腰元を思い出したに違いない。

「千加か。いいですな。それがしも殿の御意に従いましょう」

事情を知らぬ大門も承知した。

「貧乏長屋の殿様に、千加姫。そして、傅役《もりやく》の爺ですか。これはいい」

爺は一人悦に入っている。それを聞いた大門が、自分も、と付け加えた。

「拙者もおりますぞ。千加姫のお守り役『熊さん』」

大門はいかにも嬉しそうに爺と笑い合っている。

――たった一人の幼い小娘に、大の男が二人ともこんなにめろめろになりおって。だらしない。武士としてあるまじき姿ではないか。

と文史郎は憤慨するのだが、自分もまた二人と大同小異だということもあって、なんとも格好がつかなかった。

四

早速に似顔絵入り手配書の反応があったのは、翌日の夕方のことだった。

文史郎は千加姫を隣のお留に預け、爺や大門と連れ立って、湯屋へ一風呂浴びに行った。その日も一日中、千加姫を連れて町を歩き回って、埃まみれ、汗まみれになった躯を洗い流した。

一杯飲み屋の前で大門と別れ、長屋へ帰った文史郎は爺と二人で、つましい夕食を摂っていた。そこへ、突然、油障子戸越しに、男の声がしたのだった。

「御免なすって。こちら、安兵衛長屋の殿様、文史郎様のお宅でござんしょうか」

聞き覚えのない声に、文史郎は爺と顔を見合わせた。

「いかにも、どちらさんかな？」

「へ、卯吉《うきち》というケチな野郎でやす」

爺は首を捻った。

「知りませぬな」

——自分からケチな野郎と名乗るのだから、本当にケチな野郎なのだろう。

と文史郎は心の中で思った。

あるいは内心では、まったく卑下するつもりもないのにうわべだけ、へりくだった振りをしているか。いずれにせよ、ろくな男ではあるまい。

爺は箸を置き、土間に降りて油障子戸をがらりと開けた。

薄暮の中に現れた男は、いかにも、いなせな若衆だった。中肉中背。苦み走った顔の男だったが、どこか、すさんだ生活の臭いを立てていた。

「そなたは？」

応対に出た爺は威厳を込めていった。

「あっしは、卯吉と申します。この娘の似顔絵を見て、やってめえりやした」

卯吉は手に大門が描いた似顔絵入りの貼紙を持っていた。

「ここに画いてあるチカってえ娘は、連れ合いの娘ではねえか、と思いやしてね」

「連れ合いの娘さん？」

「ということは、おぬしが千加姫の父親《てておや》ということかな」

文史郎は思わず口を出した。

「……チカ姫だって？」

卯吉はふっと口を歪めて笑った。人を馬鹿にした酷薄な笑みだった。

「ま、父親といえば、そうなりますかね。どこにいるんです？　おチカは」

卯吉は伸び上がるようにして、狭い部屋をひとわたり見回した。行灯《あんどん》の淡い明かりが部屋をほんのりと照らしている。

「ここにはいない」

「では、どこに？」

隣から子供たちのはしゃぐ声や赤子の泣く声が聞こえた。

卯吉はちらりと隣の部屋との壁に目をやった。

文史郎が膳に箸を置いていった。

「卯吉とやら、おぬしが父親という証拠はあるかな？」

「証拠？　弱ったなあ。そんなもんありやしません。おチカがあっしを見れば、おっかあの連れ合いだと分かるはずですがね」

「ということは、おぬし、千加の実の父親ではないのだな」

「まあ、そうなりやす。チカは嬶《かかあ》の連れ子でやして、あっしの実の子というわけではないんです」

「ま、そうだろうな」

文史郎はうなずいた。

卯吉の顔は、どう見ても、千加に似ていない。目、鼻、口許のどれをとっても千加の造作《ぞうさく》と、卯吉のそれとは違う。

「で、おぬしの連れ合いの名は？」

「お蔦《つた》でやす」

「お蔦どのは千加が迷子になって、さぞ心配してなさるだろうな」

「ま、そうでやすね。お蔦は似顔絵を見て、娘のチカかもしれないから、あっしに娘かどうかを確かめて来てくれ、と。それで、こうしてこちらへ上がったという次第でやす。どうでしょう、おチカがどこにいるか、教えてくれませんかね。あっしも、いろいろ忙しい身なんで。こんなところで、ぐずぐずしているわけにはいかねえんです」

文史郎はじろりと卯吉を見た。

「お蔦どのは、どうして我が子を迎えに、おぬしといっしょに来なかったのだ？」

「旦那、それは、いろいろこちらにも事情ってものがありやしてね。来たくても来れねえんですよ」

卯吉は次第に苛《いら》つきはじめていた。

「その事情というのは何かな？」

「旦那、事情を聞いて、どうするおつもりなんですかね」

卯吉は目を凄ませた。

「何か、わしらにいえぬ事情というのがあるのかな？」

「いえ、なに。あっしら夫婦のことに、余計な詮索をしねえでほしいんですがね」

「いま、お蔦どのはどちらにいるのかの？」

「それを聞いてどうなさるんです？」

「わしらが千加を連れて、直接お蔦どのにお届けしようと思うのだがのう」

「じゃあ、父親のあっしにはチカを渡せないというんですかい」

「こんな暗くなった夜に、幼い子を、どこの馬の骨とも分からぬ御仁に、はい、そうですか、と簡単に手渡すわけにはいかんな」

「…………」

卯吉は目を怒らせたまま黙った。

「だいいち、お蔦どのがほんとうに千加の母親かどうか分からぬし、それに、おぬしはお蔦どのとどういうことでいっしょになり、あの子を引き取ることになったのかも知らぬのでな」

「……じゃあ、知らせれば、三両を貰えるという話は？」

「わしらが、お蔦どのに会って、ほんとに千加の母親だと分かったら、おぬしに三両を払おう。そうでなければ、払えぬな」

「信用できねえってえんですかい」

「当たり前だろう」

文史郎は呆れたようにいった。爺が付け加えた。

「あの子がこの長屋に迷い込んだのは、何かの縁。わしらは、いわばあの子の後見人だでな。後見人のわしらが納得できなければ、渡すわけにいかん」

「どうしても、駄目でやすか」

「駄目だな。帰って、いま一度お蔦どのと相談し、日をあらためて出直して来るんだな。そのときには、お蔦どの自身が迎えに来てほしい。そうでないとお千加を渡すわけにはいかんな」

そのとき、表の小路に下駄の音が響き、千加を抱えたお留の太った軀が現れた。

「さあさ、お千加ちゃん、お眠《ね》むの前に、殿様と爺さまに、お休みの挨拶をおし」

「おやすみなちゃい」

お千加はお留に抱かれたまま、目をこすりながら、文史郎と爺に挨拶した。

——お留はまずいときに、お千加を連れて来た。

文史郎は爺と顔を見合わせた。

「ああ、お休み」

「お休み」

文史郎も爺も、にこやかに千加に挨拶を返した。

卯吉が素早くお留の前に立った。

「なんだい、おチカ、隣にいたのか」

お留はお千加をぐいっと抱き締め、卯吉から遠ざけた。

お千加はきょとんとした顔で卯吉を見つめていた。

「俺だよ、俺。おとっつあんだよ」

「…………」

お千加はいきなりお留の首根っ子にしがみついて泣き出した。

「おいおい、泣くことはねえだろ。さ、おっかあのところへ帰ろう。おいらが連れて行ってやる。さあ、おいで」

卯吉はお千加の軀に手を延ばした。

「何すんだよ、このとうへんぼく」

お留が卯吉の手をぱちんと払いのけた。

「な、何すんでえ。このあま」

卯吉はお留に摑みかかり、お千加を奪い取ろうとした。お千加は火がついたように泣き出し、お留の首にすがりついた。

「あんたが、おとっつあんなら、お千加が泣くはずないだろ。このとうへんぼく。とっとと失せやがれ」

お留はお千加を抱いて戸口から外に出ようとした。

「このあま、おチカを返せ」

卯吉はお留の袖を摑んだ。文史郎の軀が滑るように動いた。

文史郎は卯吉の手首を摑み、ぐいっとねじ上げた。

「痛てて。何しやがる」

卯吉は怒声を上げた。その間に、お留は隣に逃げ帰った。入れ代わりに亭主の精吉や子供たちが表に飛び出した。お留が叫んだ。

「あんた、そのとんちきが、お千加を奪おうとしたんだよ」

精吉は心張り棒を手に声を荒げた。

「なんだと、どこのおあにいさんか知らねえが、うちのお千加を攫《さら》おうなんて太てえ野郎だ。ただじゃおかねえぞ」

「帰れ帰れ！」

「妹の千加を連れて行こうなんて許せねえ」

お留の子供たちも、一斉に騒ぎ立てた。

長屋のあちらこちらの油障子戸が開き、住人たちが顔を出した。

「なんだなんだ、どうした？」

「喧嘩か？　おもしれえ」

「殿様のところへ誰か殴り込んだらしい」

「やっちゃえ。袋叩きにしちまえ」

亭主やおかみさんが戸口から出て来て、小路は賑やかな騒ぎになった。

「待て待てい」

小路の奥から、どかどかと下駄の歯音を響かせ、大門の大きな軀がやって来た。

「殿、いかがなされた」

「この男がお千加の父親だと騙《かた》って、お千加を連れに来たのだ」

文史郎は卯吉の腕を離した。卯吉はねじ上げられた腕をさすりながら、ふてぶてしく笑った。

「てやんでえ。おたんこなす！」

「なにい、わが千加姫を攫おうというのはおまえか！」

大門は卯吉の胸倉を摑んだ。

「ちょっと待ってくれよ、旦那。あっしはチカの母親から頼まれただけでやすぜ。分かったよ。今夜は黙って帰るから離してくれよ」

大門は卯吉を離した。

「ち、ふざけやがって。てやんでえ、みんな覚えてろよ」

卯吉は着物の尻をはしょり、いきなり木戸へ向かって走り出した。

「おい、塩まいとけ。べらぼうめ、ふざけやがって。おとつい来やがれってんだ」

「いつでも相手してやるぜ」

長屋の男たちは逃げ去る卯吉の背中に罵声を浴びせた。

「ところで千加姫はご無事か？」

大門は文史郎と爺に尋ねた。

「大丈夫だ。お留さんが守っている」

「そうか。よかった。どれ、千加姫様はどちらにおられるかな」

大門は精吉や子供たちといっしょに、お留の家に顔を突っ込んだ。

「はいはい、お千加はもうお眠むですよ」

「……熊さん、おやすみなちゃい」

お留と千加の声が聞こえた。

大門は満面に笑みを浮かべて「千加姫、おやすみなちゃい」と返していた。

――なんという体《てい》たらくだ。

文史郎は呆れた。大門はあまりにだらしない。

ようやく騒ぎは収まり、長屋の住人たちは、ぞろぞろと引き揚げて行った。

入れ替わるように、暗い小路に、ぬっと黒い人影が現れた。

「いったい全体、この騒ぎは何ですか?」

戸口に口入れ屋権兵衛の狐顔が浮かび上がった。

五

「困るんですよ。口入れ屋の私を通さないで、勝手に仕事を引き受けなさっては」

権兵衛は爺が出した茶を啜りながら、小言をいった。

権兵衛の前には、どこで手に入れたのか、大門が描いた千加の似顔絵入り手配書が置いてある。

「実入りがありましたら、私も二割の口銭は頂戴しませぬとな」

狐顔が小ずるそうな狸顔になった。

「権兵衛殿、これには少々事情がありましてな」

爺と大門が代わる代わる、これまでのいきさつを話した。

「……といいますと、この人探しには口銭が一銭も入らないというのですか？」

「はい」

と爺。

「つまり、手間賃、口銭なにもなしの慈善奉仕ということですか？」

狐顔が文史郎に向いた。

「そういうわけだ。純然たる人助けだから、見返りは一切なしだな」

「それはそれは結構なお話で」

権兵衛は皮肉をいいながら、溜め息をついた。

「まあ、いいでしょう。たまには慈善奉仕も。剣客相談人のいい宣伝になりましょうからな。剣客相談人は金儲けだけではない。依頼の内容によっては、見返りなしの慈善奉仕もする。これは、きっと江戸中の話題になりましょうよ」

「ま、ともあれ、それがしの顔に免じて、許せ」

文史郎はいった。権兵衛は仕方なさそうにうなずいた。

「はいはい。分かりました」

爺が膝を詰めた。

「ところで、権兵衛殿、ついでだからお尋ねするが、何か新しい仕事の依頼は入っておりませぬかの?」

「はいはい。さるところから一つ二つ依頼がありますが、いま剣客相談人向きの仕事かどうか、調べておりますので、もう少しお待ちくださいませ」

今度は左隣から夫婦喧嘩の声が聞こえた。恒例の市松《いちまつ》とお米《よね》の罵《のの》り合う声だ。

その声が小路に出たと思ったら、突然、油障子戸ががらりと引き開けられた。

隣の市松が大声でいった。

「殿様、あのとうへんぼく、さっそくやって来ましたか。いま帰って来て、お米に聞いたところです」

「あんた、静かにおしよ。長屋中に聞こえるじゃないか」

お米が市松をたしなめた。

「てやんでえ。これは俺の地声だ。亭主が殿様と、大事な話をしようってんだ、かかあは黙っていやがれ」

　市松は酒に酔っているらしく、いつになく威勢が良かった。

「まあ、二人とも、そこでは何だから、中に入られよ」

　爺が市松とお米を招いた。二人は障子戸を閉め、中に入った。

　文史郎は市松に訊いた。

「あのとうへんぼくとは誰のことだ？」

「ほれ、ここへやって来た卯吉って野郎ですよ」

「おぬしは卯吉を知っているのか？」

「ええ。いや、親しい仲ではないんですがね、ちょいと仲間に誘われて手慰めに行ったところで、あいつと顔見知りになり、口をきくようになったんでやす」

　市松は手で骰子《さいころ》を振る真似をした。大門が訊いた。

「どこの賭場《とば》に出入りしているのだ？」

「いえ、なに。賭場というほどのところではないんでやす。某御屋敷の折助《おりすけ》たちが開いているちょいとした暇潰しの手慰みの賭場でして、博徒が開いているような賭場ではないんです」

「というと、卯吉は折助なのか？」

爺が訊いた。

「ま、そうなんでさあ。昔は、腕のいい指物師《さしものし》だったらしいんですがね。吉原通いと放蕩のあげく、身を持ち崩して、折助の賭場に出入りするようになった。仕舞いには本人も折助になっちまったんでさ」

――折助？

文史郎は訝った。

「市松、その折助とやらは、いったい、何なのだ？」

「え、殿は、御存知ないんで？」

市松は目を丸くした。爺がたしなめた。

「市松、殿は下々《しもじも》のことについて、あまり知らんのだ。折助なんかのことを知っていても、ろくなことはあるまい？」

大門もうなずいた。

「いや、ごもっとも。殿は知らなくてもいいような無頼の連中ですもんな」

「おもしろそうな連中だな。後学のため、ぜひ、その折助とやらを教えてくれ」

爺や大門は一応知っているらしく、複雑な表情をしていた。

「ようがす。そうと頼まれたら教えましょう」

市松はどっかりと畳に座り込んだ。

「折助と乞食は三日やったら忘れられないといわれましてな。黙っていても、折助をやっていると、日銭《ひぜに》が右から入って左へ出ていく、着るものには不自由しない、しかも三度三度のおまんまは食えるという、怠け者にはこの上ない天国のような商売なんです」

「ふむ。何を生業《なりわい》としているのだ？」

「生業？　折助ってえのは大名屋敷の大部屋に屯する中間や小者のことなんでさあ」

「なんだ。折助は大名屋敷にいる中間、小者だと申すのか？　その折助は何をしているのかの？」

「ほんとに殿様は雲上人だねえ。御膝下《おひざもと》や足下でごろまいている折助を知らねえんだからねえ。ようがす」

市松はぐいっと腕を捲《まく》った。鳶職人だけあって筋肉質の太い腕をしている。

「折助の役目は御屋敷の大名が登城する折の往き帰りに、お供をすることなんです」

「供行列にいる奴《やっこ》のことか」

「なんだ、御存知じゃねえですか。その奴連中。殿もお人が悪いな」

「あの奴たちの何が悪だというのかの？」

市松はきょとんとした。

「やっぱ、御存知ない。そうでしょうな。御大名が、折助の屯する大部屋へわざわざ覗きに来るなんて酔狂《すいきょう》は、まずないでしょうからな」

「うむ」

文史郎はうなずいた。

「折助は、たいてい浮き草のような渡り者で、ある年には、某大名屋敷に勤めたかと思うと、翌年には別の大名屋敷に勤めるという風に渡り歩いているんでやす。

自分の持ち物といえば、夏は紙帳《しちょう》の蚊屋《かや》と渋団扇《しぶうちわ》一本、冬はテントクという紙の蒲団にぼろを詰めた物と行火《あんか》一つぐらい。ほかは御屋敷から与えられる紺の半纏《はんてん》に紺の単物《ひとえもの》、それから屋敷の印が入った法被《はっぴ》。あとは身一つだから、いつでも、屋敷から屋敷へと渡り歩くことができる」

「なるほど」

「殿が登城すると、折助は城の控えの大部屋で殿のお帰りを待つわけです。あとはお帰りのときに、またお供をするだけで、ほかにすることがないから、暇も暇。その間、折助は何をしようが勝手放題だ」

「……………」

「小人閑居《しょうじんかんきょ》すれば何とやらですな。暇を持て余した者がやるといえば、手慰みです。丁半博打に、花札、来い来い、チンチロリン。大部屋のあちこちに賭場が立つ。他藩の折助たちといっしょの大部屋だから、大勢が入り混ってあちらこちらで手慰みをする。あとは殿の下城にお供して御屋敷に帰れば、それで役目は終わり。ほかに、することがないので、帰ってもまた御屋敷の大部屋で手慰みの賭場が立つっていうわけでさあ」

「なんと、大名屋敷の中で、そんなことが行なわれているというのか？　博打は天下の御法度《ごはっと》。役人の目がうるさいだろうがのう」

「ところがどっこい、なんせ折助連中は大名屋敷の中にある自分たちの住まいで賭場を開くので、町方役人は手が出せない」

「なるほど、しかし、町方は無理にしても、各藩には、それぞれ藩内の風紀や悪事を取り締まる目付やら奉行がおろうが」

「ですがね、その目付やお奉行、御役目の方々も、御膝下で折助が博打を打っていることを知っても知らぬ顔をしている。その見返りに、折助の部屋頭《がしら》なんかから、甘い付け届けがありますんです」

「けしからんな。賄賂《わいろ》を取っているとはな」

「もし、本気になって、藩の方々が賭場をやめさせようと、厳しく折助を取り締まれば、今度は折助が集まらなくなるんでさあ。あのお大名の屋敷は厳しい、と評判が立って。折助が集まらないと、大名の登城下城に中間、小者のお供がいないことになり、これは大名として面目《めんぼく》が立たなくなる」

「ううむ。なるほど」

文史郎は那須川藩主時代の我身を振り返っていた。藩の上屋敷から登城下城する際に、お供をしていた中間小者たちは、みな江戸で雇った者たちだった。

那須川藩の印半纏や法被を着ていたが、彼らは在所から連れて来た者たちではない。駕籠の乗り降りの際にしか、見たことはないが、そういえば、見かけからして、柄《がら》が悪く、粗暴な男たちだった。

——そうか、彼らが折助だったのか。

市松は話を続けた。

「屋敷の中で、誰も咎める者がいないので、折助たちは、やりたい放題。折助仲間だけでなく、ときには大店の若旦那や小金持ち、金回りのいい職人を屋敷の大部屋に引き込んで客にする。ときには、金や女をめぐって喧嘩はする。暴力沙汰なんかはしょっちゅう起こる」

「……そうか。そういうことか」文史郎は腕組みをした。

黙って聞いていた口入れ屋の権兵衛が口を開いた。

「いやほんとに折助はひどい連中でしてね。ある大名屋敷では、折助が通りすがりの娘をかどわかして屋敷内に連れ込んで乱暴するようなことも起こった。いってみれば、折助のいる大部屋は悪の巣窟みたいなものなんですな」

お米が市松の袖を摑まえていった。

「まあ、あんた、そんなところに出入りしているんかい。嫌だよ。そんなことをしては」

「でえじょうぶだよ。俺はそんなひどいところへは出入りしてねえから」

「ほんとかねえ」

お米は不審そうに首を振った。

「てやんでえ。てめえの亭主のいうことを信用しろよ」

「亭主だから、信用できないのよ」

文史郎は二人の言い合いを手で制した。

「ふたりとも、分かった。で、市松、肝心の卯吉についてだ。卯吉とは、どこで会ったのだ？」

「そうそう。卯吉の話でやしたね。みろ、てめえが話を逸《そ》らすから、殿様に叱られちまうじゃねえか」

「……ったって」

お米が不満そうにいった。

「あの卯吉は威勢はいいが、女たらしの優男《やさおとこ》だ。からっきし根性のないすれっからしだ。博才もないのに、折助の賭場なんかに出入りしているうちに、大きな借金をつくって、いまじゃ、部屋頭のぱしりをしているんでさあ」

「部屋頭?」

「やくざでいえば親分でさあ」

「で、市松、おぬしは、どうして、卯吉がここへ来ると分かっていたんだ? おぬしが教えたのか?」

「そうなんです。あいつがその似顔絵を手に、周りの連中に安兵衛長屋の殿様っていうのを知っているか、と訊いて回っていたもんでね。なあんだ、知らねえのか。俺んとこの長屋の殿様じゃねえかって、つい自慢しちまったんでさあ。まさか、卯吉の野郎が、のこのこやってくるなんて思わねえでよ」

「……卯吉は、どうして千加を探しておったのかのう。ほんとうにお蔦とやらが、お千加の母親だったら、どうして、母親が迎えに来ないのかな。そのあたりの話を何かいっておらなかったか？」

「さあ。そこんとこは、あっしも聞いてねえんで……」

市松はだんだん酔いが醒めてきたのか、威勢がなくなってきた。

「卯吉は、どこに住んでいるんだ？」

「たぶん、折助をしている大名屋敷の大部屋だと思いやすがね」

「おかしいな。卯吉はお蔦とかいう女と夫婦のようなことをいっておったが」

文史郎は訝った。

「そうですかい？　じゃあ、部屋持ちかもしれない」

「折助で部屋を持っているのがおるのか？」

爺が訊いた。

「へえ。大藩の中間小者は屋敷内の長屋に住んでますし、折助を仕切る部屋頭ともなると侍並に一軒家に住んでいる者もいやすんで」

「市松、おぬしが、出入りしている大名屋敷とは、どこなんだ？」

「へえ。あの……つまり、すぐ近くの陸前《りくぜん》仙台藩の屋敷なんでさあ」

市松は頭を掻いた。

「なんだ伊達《だて》の上屋敷か」

文史郎はアサリ河岸からあまり離れていない場所に伊達藩邸があるのを思い出した。伊達六十二万石。陸前仙台藩は、奥州に君臨する大藩である。それだけに上屋敷は他藩に比べて広くて大きい。大勢の中間小者も雇っている。

お米が市松の胸をどついた。

「まあ、いつも帰りが遅いと思ったら、真っ直ぐ家に帰らず、そんなところに寄り道して油を売っていたのかい。なんて亭主だよ、まったく。ろくに稼ぎも甲斐性もないのに、汗水流して稼いだ金を折助に巻き上げられているんだから、このろくでなし」

「……悪かったよ。なんでえ、正直に話しているってえのに。まったく……」

「まあまあ、お米さん、抑えて抑えて。市松も反省しておるんだから」

爺が好好爺ぶりを発揮して、二人の間を取り持った。

文史郎が市松に向き直った。

「ところで、市松、折り入って頼みがあるのだがな」

「へえ、なんでやしょう？」

「伊達の屋敷に手慰みに行ったついでに、卯吉の身辺を調べてほしいんだが」

「へえ、分かりやした。……といいたいところなんですが、かみさんがねえ……」

市松はじろりとかみさんを横目で見た。

「何いっておいでだい。殿様の頼みじゃないか。あたしはいいよ」

「……その手慰みの軍資金がねえおけらなもんで」

市松は頭をがりがりと掻いた。

文史郎は爺に目配せをした。

「わざわざ卯吉を調べに行ってもらうんだ。軍資金はこちらが出す。爺、金子《きんす》を用意してやってくれ」

「はい。分かりました」

爺は懐から、ずっしりと重そうな財布を取り出した。

「ありがてえ。そう来なくっちゃ。かみさんの許しも出てることだし……」

市松はさっそく手を出した。

「あんた、卯吉のことを調べに行くんだからね。ぞろっぺえなんだから、もう。賭場に遊びに行くんじゃないからね」

お米が市松をこづいた。

「分かってるって」

爺は渋い顔で、市松の手に何分《ぶ》かの金子《きんす》をいくつか載せた。

「あまり派手に遊んではいかんぞ。いいな」

「ありがたや、ありがたや。でえじょうぶですよ。明日の晩には、きっと卯吉のことで、いい話を聞き込んで来ますから」

市松はほくほくした顔で金子を手拭いに包み、懐《ふところ》にねじ込んだ。

「うむ、頼んだぞ」

文史郎はうなずいた。大門と爺は憮然として市松を睨んでいた。

「では、あっしらは朝が早いんで、失礼しやす。さ、おめえも」

市松はお米を促し、そそくさと出て行った。

「では、私もこのへんで、おいとましましょうか」

口入れ屋の権兵衛が腰を上げた。

「そうそう。うちの方も、明日には依頼された仕事を受けるかどうかの相談をさせていただきますので、よろしうお願いいたしますよ。では」

権兵衛は文史郎たちに一礼し、草履を履いて、外に出て行った。

残された文史郎たちは、それぞれ腕組みをして、考え込んだ。

六

翌朝早々、呉服屋清藤の丁稚が文史郎たちを呼びに長屋へやって来た。主人の権兵衛が仕事のことで至急に来てほしい、という伝言だった。

文史郎と左衛門、大門の三人は、そんなに急ぐこともあるまい、と朝食のお粥を、沢庵の切れ端をおかずに粛々と腹に納め、清藤へと出向いて行った。

口入れ屋の権兵衛は、満面に笑みを浮かべて、内所で待ち受けていた。

「まあまあ、皆様、お早いお着きで」

「うむ、まあ。ちと朝飯を喰うておったものだから遅うなった」

文史郎は言い訳がましくいった。大門が銜《くわ》えた楊枝を上下させながら、

「ご主人、茶でも一杯、所望できぬかの」

「はいはい。いいですよ」

権兵衛はいつになく上機嫌で、台所の女中に声をかけた。

「お民、いつもの粗茶をお持ちして」

「はーい、ただいま。いつもの粗茶でいいんですね」

お民は憎たらしく笑いながら返事をした。

――主人が主人なら、女中も女中だ。

文史郎は爺や大門と顔を見合わせ、苦笑いした。

「さて、棚からぼた餅といいましょうか、犬も歩けば棒にあたるとでもいいましょうか、あなたたちは運がいいですぞ」

――何をとぼけたことをいっておるのだ？

文史郎は権兵衛の頭が少々いかれてしまったのか、と思った。

「昨日、某家からご依頼があった仕事ですが、いまの剣客相談人の文史郎様たちに、どんぴしゃりのいい仕事だと分かったのです」

「ほほう」

いい仕事に見えるものには裏がある。たいていは厄介な事情があるものだ。

文史郎はあまり期待しないでおこうと思った。

「依頼の中身は人捜しでして、数日前のこと、深川のさる材木商の大店相模屋《さがみや》の若奥様が出入りの男に騙《だま》されて駆け落ちまがいに家出したというのです」

「…………」

「若奥様は相模屋彦兵衛《ひこべえ》の長女で、婿養子を迎えて相模屋の跡を継がせる、ということになっていたのです」

「その駆け落ちした若奥様を探し出せというのですな」

爺が口を挟んだ。

「まあ、最後まで話を聞いてください」

女中のお民が盆に載せたお茶を運んで来た。

「さ、どうぞ」

お民はにっと大門に愛想笑いをして、湯飲み茶碗を三人の前に置いた。

――もしや、お民は大門に気があるのではないか？

文史郎は大門を見た。文史郎の目つきを見て、大門はとんでもござらぬ、とぶるぶると左右に頭を振った。

「ちゃんと聞いておりますか？　文史郎様」

「あ、失礼した。続けてくれ」

文史郎は茶を啜りながら、慌てて謝った。

「若奥様は駆け落ちまがいといいましたが、実は子連れで親子ともども家出したのです」

「……？」

「その若奥様や子の名を聞いて驚かないでください。なんと若奥様はお蔦という名なのです」

「おう？」

「子の名は、おチカ」

文史郎は口に持っていった湯飲みを止めた。

「な、なんだって！」

大門は思わず飲みかけの茶をぷーっと吹き出した。爺が慌てて懐紙を出し、着物や袴にかかったお茶を拭った。

「すると、あの千加姫は相模屋の若夫婦の娘だというのか」

文史郎も驚いて権兵衛の顔を見た。権兵衛は狐顔をますます狐を思わせる顔にして、うなずいた。

「はい。もっとも、娘の名前は千加ではなく、千佳だそうですが」

権兵衛は話を続けた。

「さて、ところで、昨日になって、突然、その相模屋彦兵衛さんの許に脅迫状が舞い込んだというのです」

「脅迫状だと？」

「お蔦さんと娘のお千佳を返してもらいたかったら、千両寄越せ、と。もし、万が一、御上に届けるようなことをしたら、二人は二度と戻らないと思え、とも」

「なるほど。それで、脅迫状の差出人は？」

「鳥天狗とあったそうです」

文史郎は爺や大門と顔を見合わせた。

「金の受け渡しは、どうしろと」

「その方法はあとで使いの者をやるから、その者のいう通りにせよ、と」

「ちょっと待て。権兵衛殿、そのお蔦と千佳を拐《かどわか》した男については、誰だと申しておった？」

「もちろん、お聞きしてあります。店に出入りしていた指物師の卯吉という男です」

「やはり、そうか」

「けしからん男だ。知っておれば、あのとき、もっと懲らしめておったのに」

大門は鼻息を荒くして息巻いた。爺は冷ややかに笑った。

「まあまあ抑えて。それで相模屋彦兵衛の依頼というのは、お蔦さんと千佳姫を取り戻してほしい、というのですかな？」

「そうです。親子を捜し出し、鳥天狗を名乗る者から救い出してほしい。どうです？

なかなかおいしい話でしょう？　すでに千佳ちゃんは確保してあるのだから、あとは卯吉を捕まえて、お蔦さんの居場所を白状させ、監禁場所から救い出せばいい」

「……権兵衛、簡単そうにおいいだが、やる方の身となれば、そう簡単ではないぞ」

文史郎は腕組みをして考えた。

「もちろん、先方には、まだお千佳ちゃんの身柄を確保してあることは伏せてありますからな。事は容易ではない、と私も相模屋彦兵衛には申し上げてありますんで。そうすれば、救い出したときの成功報酬をかなり高く吊り上げることができます。もちろん、千両というわけにはいかんでしょうがね」

権兵衛は一人ほくそ笑んだ。

「もう少し、相模屋彦兵衛から事情を聴きたいものだが」

「もちろんです。それで、早く来ていただいたわけですから。これからすぐにでも、さっそくに深川の相模屋彦兵衛さんの店へ行ってください。先方も首を長くして皆さんの到着をお待ちしておりますんで」

文史郎は爺に顔を向けた。

「では、長屋に戻り、お千佳姫を連れて参ろうか」

「殿、いま少し事情を調べてからの方がいいかと。どうも、爺はこの事件、裏が気になりますんで」

「それがしも左衛門殿に賛成だ。まだ事情も分からないうちに、可愛い千佳姫を祖父さん祖母さんの許に返す手はない」

大門も憤然としていった。

「分かった。では、事情が分かってからにいたそう」

文史郎は二人の意見に従うことにした。

七

深川の材木商相模屋の店先は、大勢の仲買人や材木業者が忙しく出入りして大賑わいだった。店の手代や番頭が立ち働き、材木置場と店を往復している。

木場の水に浮かべた材木に乗った人夫たちが、木遣《きや》りを歌いながら、たくみに長い鳶口《とびぐち》竿を使って、材木を岸辺に寄せ、縄をかけると大勢で縄を引いて陸揚げしている。

店先で文史郎たち三人を出迎えたのは、いかにも材木商の若旦那を思わせる男だった。

浅黒く日焼けした顔に太い猪首《いくび》。黒々と濃く太い眉と、それとは反対に極端に細い目。丸いだんご鼻の下に分厚い唇が横真一文字に引かれている。

肉体労働で鍛えたらしい、がっしりとした体格をしている。背はあまり高くなくて左衛門と同じくらいに見えた。

「これはこれは、大館文史郎様をはじめ剣客相談人の御一同様、わざわざ深川まで、足をおはこびいただきまして申し訳ございません。手前は義理の惣領息子竹彦《たけひこ》にございます」

相模屋竹彦は上がり框に正座し、細い目をさらに細くして文史郎たちを見上げ、丁寧に頭を下げた。

「さあ、お上がりになって、奥へどうぞ」

竹彦は腰を低めて、文史郎たちの先に立ち、薄暗い廊下の奥へと案内した。

通されたのは、庭に面した明るい客間だった。開け放たれた障子戸の外には、盆栽のような枝ぶりの松の木が、池の辺《ほとり》に生え、水面に低く枝を這わせている。

池には丸い太鼓橋の石橋がかかり、石の灯籠も立っている。向こう岸には築山《つきやま》があり、ツツジや楓や百日紅《さるすべり》など四季の樹木が植えられてある。

そうした木々の後ろには、目立たぬように築地塀《ついじべい》が垣間見えた。

「こちらでしばらくお待ちを。ただいま大旦那を呼んで参りますので」

相模屋竹彦はお辞儀をして、客間から姿を消した。入れ代わりに、女中が真新しい茶を運んで来た。

文史郎はさっそく茶を啜った。

新茶の香りがまだ残っている上質なお茶だった。口入れ屋で飲んだ粗茶が、同じ茶なのか、という思いがする。

「これは見事な庭でござるな」

大門が茶を啜りながら庭に目をやり、感嘆した。文史郎もうなずいた。

「たしかに、久しぶりに心が洗われる思いがするの」

下屋敷での贅沢《ぜいたく》な生活がふと頭を過《よぎ》った。長屋暮らしの心地よさはあるが、いつもごちゃごちゃした長屋の光景では味わえない趣《おもむき》がある。

「若隠居様、もしや下屋敷の庭を思い出しておられるのでは？」

左衛門がじろりと文史郎をたしなめるようにいった。

文史郎は爺に心を見透かされた思いがして、思わず茶にむせた。

「やっぱり。あの側女のお里《さと》を思い出したのでしょうが」

「いや、そんなことはない。ないぞ」

文史郎は慌てて懐紙で零《こぼ》れた茶を拭った。

「にゃあ」と鳴きながら、一匹の三毛猫が尻尾をぴんと立てて座敷に入って来た。

猫は人懐っこそうに、大門、爺、文史郎と順番に軀をこすりつけ、ぐるぐると喉を鳴らした。首につけた鈴がコオロギのような音を立てて鳴る。

「おお、可愛い猫だのう」

「殿、もしや、この猫が……」

「うむ。タマかもしれぬな」

猫は文史郎に「にゃあ」と鳴いたあと、もう一度、大門のところに戻り、軀に鼻を押しつけて、くんくんと嗅いでいる。

「お、わしが気に入ったのかな?」

「違うでしょ。着物が臭いだけでしょう」

爺が冷ややかにいった。大門は頭をぼりぼりと掻いた。

「そうか。着た切り雀だからな。臭うだろうなあ」

そのうち猫はのっそりと大門の膝の上に乗った。両手をもそもそと動かして、寝場所を整え、蹲《うずくま》ってしまった。

「おう、これはこれは、よほどわしは気に入られたらしいの」

大門はにやけた顔で猫を撫でた。

廊下に人の足音が聞こえた。

「あらあら、タマ、だめですよ、なれなれしくお客様の膝になんかに乗っては」

振袖姿の若い娘が入ってくるなり、叫ぶようにいった。

「………」

爺がやっぱり、という目で文史郎を見た。文史郎もうなずき返した。

「いや、いいですよ。それがし、猫は大好きでござるので」

大門は娘を見て、顔を赤くした。

髪を美しく島田髷に結い上げた娘だった。瓜実顔の整った顔立ちをしている。肌が抜けるように白く、大きな黒い瞳が文史郎たちを見つめていたが、すぐに娘は顔を伏せた。紅を薄く引いた口がまだ微笑んでいた。

「これこれ、ご挨拶も済んでいないうちに、なんですか」

大柄で太った男が現れ、娘をたしなめた。

娘は男の後ろに下がった。

「お待たせしました。手前が相模屋彦兵衛でございます」

太った男は文史郎の前に正座し、深々と平伏《ひれふ》した。

相模屋彦兵衛の後ろに、先刻の若旦那竹彦と、彦兵衛の女房らしい中年の女、先の若い娘、乳母と思われる老婆が座り、揃ってお辞儀をした。

「こちらにおりますのは、婿養子の竹彦、女房のお久《ひさ》、次女のお鶴、それから乳母のお滝にございます」

文史郎はあらためて名乗り、大門と爺を紹介した。

「さっそくに相談に乗っていただき、ありがとうございました。いたらぬ娘お蔦の不始末を、どうつけたら、と思い悩んでおりましたところです」

相模屋彦兵衛は苦渋に顔を歪ませながら、これまでのいきさつを文史郎に語った。

おおよその内容は、権兵衛から聞かされた通りだった。

「脅迫状というのは？」

「はい、これでございます」

相模屋彦兵衛は懐から一枚の半紙を取り出し、文史郎に差し出した。

達筆で書かれていた。内容は権兵衛から聞いた通り、明日の夜、指定する場所に千両を持って来いというものだった。そうすればお蔦と娘は返してやる。

文面の最後に、黒々と「烏天狗」と記してあった。

文史郎は爺に半紙を渡した。爺は半紙をためつすがめつ眺めた。

「この和紙は、かなりの上質なもの。おそらく下野烏山《しもつけからすやま》産と思われますな」

「どこかの大名屋敷で使われているものでございましょうな」

爺はいかにも手がかりを見つけたかのように厳《おごそ》かにいった。

「大名屋敷でご使用のものだと」

相模屋彦兵衛は竹彦と顔を見合わせた。

——爺は結構はったりをかけるのう。

文史郎はやれやれと頭を振った。爺はこのくらいのはったりはいいでしょう、という目をした。

「と申しますと？」

「そうかもしれません。どこかのお武家がからんでいると？」

「と申しますと？　どこかのお武家がからんでいると？」

「そうかもしれません。そうでないかもしれない。これから調べてみましょう」

文史郎は彦兵衛にいった。

「御主人、烏天狗の要求を飲みなさるかの？」

「はい。もし、ほんとうにお蔦と千佳が戻って来るというならば、烏天狗とやらに千両を出すのは少しも惜しくありませぬ。いくらでも出しましょう。お金など一生懸命稼げば取り返せるものですからな」

「うむ。たしかにその通り」

文史郎はうなずいた。

「ただ、口惜しいではないですか。信頼して昔から出入りを許している男に娘のお蔦が騙されて、婿の竹彦を裏切って男の許に走った。それればかりか、こんな風に烏天狗を名乗る連中から千両を寄越せとなった。きっと娘のお蔦も、卯吉とぐるになって、親の私から金をせびり取ろうというのでしょう？」

「お蔦殿がぐるかどうか、はまだ分かりませんぞ」

「そうですか？　ぜひ、お願いしたいのは、お蔦が烏天狗とぐるかどうかを調べてほしいのです」

「もし、ぐるだったら、どうします？」

「もちろん、お蔦は勘当です。二度とお蔦にうちの敷居をまたがせることはないでしょう。それでなくても婿の竹彦に申し訳が立たない。卯吉などの男の許に走ったお蔦は許せません。だから、千両なんか払わなくてもいい、その結果お蔦が死んでも仕方がない。ただ……」

彦兵衛は掌《てのひら》でぐすりと鼻を啜り上げた。

「孫娘のお千佳には何の罪もありません。だから、お千佳を助けるために、千両を払っても惜しくないと思うのです」

「では、千両を払って無事にお蔦殿と千佳ちゃんを返してもらうのがいいのか、あるいは、一応千両は払うという姿勢を示して油断させ、拙者どもが烏天狗からお蔦殿と千佳ちゃんを取り戻すのがいいのか？」

「それを剣客相談人にご相談したかったことです。どちらにすべきなのか？」

文史郎はうなずいた。

「千両を払うのは、おやめなさい。烏天狗が約束を守る保証はまったくない。千両を指定した場所に運んだら、そこを襲って来るかもしれない」

「ではどうしたら……？」

「それがしたちにお任せくだされ。大船に乗った気持ちで、お待ちくだされ」

「さようでございますか。やはり剣客相談人に来てもらってよかった」

彦兵衛は婿養子の竹彦や女房のお久と顔を見合わせ、安堵した。

「ただ、どこにやつらの間諜がいるか分かりません。あくまで千両は用意しておいてくだされ。よろしいか」

「はい。分かりました」

文史郎は竹彦に向き直った。

「もう一つ、今度は竹彦殿にお訊きしたいのだが」

「はい。何でしょうか？」

「もし、拙者たちが、お蔦殿を無事取り戻したら、おぬしはお蔦殿を許してあげられるかのう？」

「………」

竹彦はちらりと彦兵衛を見た。

「彦兵衛殿は、親として許せぬ、勘当すると申しておられるが、おぬしの気持ちを聞いておきたい」

「手前が大旦那様に逆らうのは申し訳ありませぬが、許すも許さないもありません、お蔦は、いまも、これからも手前の女房です。お蔦が卯吉の許に走ったというのも、手前が忙しさにかまけて、女房のお蔦をしばらく放っておいたのがいけなかったのです。私にも落ち度がありましょう」

「なるほど」

「ですから離縁するなど毛頭考えておりませぬ。もし、お蔦が戻ってくれるなら、一度、温泉にでも行って、一晩ゆっくりと腹を割って話し合うつもりです。私はお蔦にこれまでのことを謝るつもりです。できることなら、すべてを大川の水に流して、もう一度はじめに戻ってやり直せないかと話すつもりです」

「おぬし、それができるかの？」

「はい。できます」

「竹彦、ありがとう。わしは本当にいい婿を貰ったものだ」

彦兵衛はぐすりと鼻を啜り、頭を下げた。文史郎もうなずいた。

「よくぞ申した。それを聞いて安心した。お蔦殿を連れ戻したはいいが、居場所がないようであれば、それがしたちも困ってしまうからのう」

「手前も男でございます。剣客相談人に誓った以上、なんとしてもお蔦を幸せにするつもりです」

竹彦は文史郎にお辞儀をした。

「うむうむ。それはいい心がけだ」

大門も爺も感激してうなずいた。

彦兵衛は文史郎にいった。

「では、お願いの件はお任せして、手前どもは商いに戻りますので、あとのことは、家内や娘にお尋ねくださいますよう。お久、あとは頼むよ」

「はい。旦那様」

お久が返事をした。彦兵衛と婿養子の竹彦は何度も挨拶をして退席した。

「お内儀、どういういきさつで、お蔦殿は卯吉の許に走ったというのかな？」

「それが……」

お久は言いにくそうに顔を伏せた。

「お姉さんと卯吉さんは、昔から、いっしょになろう、と言い交わした仲だったのです」

お鶴がお久の代わりに答えた。

「お鶴、なんてことを」

「だって、そうでしょ。ほんとうのことなんだから。それをお母さんとお父さんが無理矢理二人の間を引き裂き、婿養子の竹彦さんにお蔦姉さんを添わしたんじゃないの」

「なるほど、そういうわけだったのか」

文史郎は顎を手で撫でた。

「そうでなかったら、卯吉さんは、あんな風に身を持ち崩すこともなく、指物師として腕を磨き、姉さんと世帯を持って幸せに暮らしたに違いないでしょう」

「まあ、お鶴はなんてことをいうの？　私たちが、お蔦の幸せのために、よかれと思ってやったことが、いけなかったというの」

「そうよ。こんなことになったのは、お母さんやお父さんのせいよ」

「まあまあ、お嬢さま、それではお母様やお父様がお可哀想ではありませぬか」

お滝婆さんがお鶴の袖を抑え、諫《いさ》めるようにいった。

「お鶴どの、卯吉は、どうやって、お蔦どのと千佳ちゃんを連れ出したのかの？　そこをお聞きしたいのだ」

「それは婆やが知っています。そうね」

お鶴はお滝婆さんを見た。

「はい。あの日、知り合いの扇屋さんでお茶会があるというので、お蔦様がお千佳様を連れて行くというのです。それでは婆もお供しようとしましたら、今日はいい、二人だけで行くからとおっしゃった。それで、いつもと様子が変だと思い、迎えに来た駕籠に内緒でついて行ってみたのです」

「うむ」

「そうしましたら、駕籠は扇屋さんの方角と正反対の方角へ行き、河岸に出たのです。そこに待っていたのが、卯吉でした。お蔦様とお千佳様は船着き場にあった猪牙舟に乗り込んだ。私は慌てて、出て行って、お嬢様、どちらへお出《い》でになられるのか、と尋ねたら、卯吉が、もう二人は家へは帰らないぜ、そう親父と竹彦に伝えろ、といっったのです」

「卯吉は船頭に舟を出すようにいい、私が追いかける間もなく、大川の方へ去って行ったのです」

「ほほう」

「そのとき、お蔦殿は何か荷物を持っておりましたかの？」

「お茶の道具だと思いますが、風呂敷包みを一つお持ちでした」

大門が膝の上の猫を撫でながらいった。

「お千佳殿は？」

「お千佳様は……そう子猫を抱いていました。まさか、そんなことになるとは思われなかったのでしょう」

大門は、やはりという顔で文史郎や爺と顔を見合わせた。

「どうして、そんなことをお訊きになるのですか？」

「いや、まあ。参考に」

大門はごまかすようにいった。

「ところで、お鶴殿、さっきの話に戻るがのう。お蔦殿は戻って来ても、元の通りに夫婦仲が戻るのかのう？」

「さあ。お蔦姉ちゃんは、一度こうと決めたら、熱が冷めないうちは、決して卯吉をあきらめないのではないでしょうか。お姉ちゃんは誰に似たのか、ほんとに頑固なんだから」

お鶴は溜め息混じりにいった。お久も悲しげに首を振った。

「そうねえ。卯吉に振られない限り、お蔦は戻れないかもねえ」

文史郎は爺と顔を見合わせた。

八

長屋へ帰ると、さっそく大門は隣のお留の部屋へ駆けつけた。

隣から、お千佳の「熊さん」と呼ぶ声が聞こえてくる。

大門はだいぶお千佳姫に参っている様子だった。

文史郎は爺と、これから、どうするか、を話し合っていた。どうやってお蔦を取り戻すことができるか。それが難題だった。

夜、だいぶ遅くなって、隣の市松がほくほくした顔で、文史郎たちのところへやって来た。

市松はいくぶん酒が入っているらしく、上機嫌だった。

「殿様、聞き込んできやしたぜ」

市松はどっかと畳に座り込んだ。

「ほう。卯吉は、どこに住んでいるんだ」

「やっぱり、伊達藩の上屋敷の中間屋敷の長屋でした」

「そうか。で、お蔦は？」

「ちょっと話を聞いてください。あの卯吉はみっともねえ奴でしてね。部屋頭《がしら》に、身動き取れないくらい借金しているんです。お蔦さんは、その形《かた》に取られてしまった」

「形に取られたというのは？」

「期日までに借金を返せなければ、お蔦を吉原か品川か、どこかの女郎屋《じょろや》へ叩き売ると脅されているんでやすよ」

「期日というのは？」

「明日の夜です」

文史郎は爺と顔を見合わせた。

脅迫状にある千両を渡せという期日と同じだ。

「卯吉は、部屋頭に、いくら借金しているんだ？」

「三百両といってましたね」

「三百両か、なんでそんなに借金した？」

「博打ですよ。下手なのに、丁半博打で大きな借金を作ってしまった。昔は、いい腕の指物師だったから、ある程度は返していたんですがね。積もり積もって三百両になっちまった」

「それは大金だな。卯吉は、明日の夜までに、その金をどうやって作るといっていた？」

「卯吉は金蔓は握っていると。明日にも、その倍以上の大金が入るというんでさあ。へえ、どうやって、と訊いたんですが、やつは用心して、なんとかなるんだと口を濁してました」

「ふうむ。そうか」

「で、別の折助野郎にしこたま酒を飲ませて、内緒で聞き出したんでさあ。そうしたら、奴いわく、部屋頭と組んで、材木商の大尽相模屋から千両を引き出そうという魂胆だと分かったんでさあ」

「その部屋頭は何という者だ？」

「源造《げんぞう》という野郎で伊達藩邸の折助を取り仕切っている中間頭《ちゅうげんがしら》ですよ。その親分が手下の荒くれ者を使って、千両をそっくりせしめようとしているんです」

「どうやって?」

「お蔦という女と娘の二人を人質にして、二人と交換に千両をせしめようというんでさあ。ところが、事は上手《うま》くは運ばないねえ。監禁していたはずの、お蔦の娘、おチカが、どうやってか屋敷から逃げ出してしまったっていうんです」

「うむ」

「お蔦が、どうにかして娘を屋敷から逃がしたんだろう、というんですがね」

「そうか。殿、きっと、お千佳姫に親猫のおタマ探しに行くようにいったんですよ。タマタマといいながら猫を探す千佳姫を、さすが荒くれ者の折助たちも止めなかったんでしょう」

「なるほど。で、卯吉は慌ててお千佳姫を探していたってわけだ」

文史郎も納得した。

「で、千両の受け渡しは、どうやるといっていた?」

「部屋頭はあくどくてね、卯吉に舟で千両を受け取らせに行かせ、帰ったら、全部横取りしようというんでさあ」

「お蔦は？」

「どっかの女郎屋へ叩き売るか、あるいは部屋頭は女房の目をごまかして、どっかに囲い、妾にするらしい。お蔦という女はいい女らしいですぜ」

――そうだろうな。

と文史郎は思った。妹のお鶴という娘も小股《こまた》の切れ上がったいい女だった。きっと姉のお蔦もきれいな女に違いない。

「金は取っても、お蔦を返すつもりはないというのか？」

「そうらしいです。すべてを卯吉に罪をなすりつけて、千両をもらっちまおうという魂胆らしいです」

「卯吉はどうなる？」

「きっと部屋頭たちは卯吉を口封じするでしょう。あの源造は、金のためなら、そういうことを平気でする奴です」

文史郎は腕組みをし、ううんと唸った。左衛門が心配そうに文史郎を見つめた。

「市松、頼みがある」

「へえ、何でげしょう？」

「明日朝一番に、屋敷に行って卯吉を呼び出してくれんか？」

「へえ？」

「それがしが、会いたいというんだ」

「会いますかね」

「爺、一両を」

爺は不審そうに文史郎を見ていたが、懐から一両を出した。

「金に困っている卯吉のことだ。これで、なんとか外に連れ出してくれ。あとはそれがしたちが捕まえる」

「分かりやした。やってみます」

市松はうなずいた。

九

卯吉は文史郎たちに捕まった当初、大暴れに暴れたが、文史郎が当て身を喰らわせ、黙らせた。

長屋に連れて来られた卯吉は、最初、怯《おび》えていたが、文史郎と左衛門、大門が代わる代わる話すうちに、自分が置かれている立場がやっと分かったらしい。

市松が、部屋頭たちは最後には、卯吉を口封じするつもりだという話を聞かせたあとは、すっかりしょげかえってしまった。

文史郎は相模屋へ行ってきた話をし、もしお蔦が戻るなら、亭主の竹彦は許すつもりだとも告げた。

「…………」

卯吉は何もいわず、むっつりと頭を下げたまま黙っていた。

文史郎は訊いた。

「おぬし、いまでもお蔦に惚れておるのか？」

「へえ。それは、もう、昔からいっしょになろうと、言い交わした相手ですから」

「別れたくないか？」

「へえ。別れるくれえなら、死にやす」

大門が文史郎に代わって口を開いた。

「おぬし、いまのような生活をしていて、お蔦殿を幸せにできる自信はあるのか？」

「……これから改心して、必死になって働きやす」

「娘のお千佳もいっしょに暮らすんだぞ。お千佳も幸せにできるというのか？」

「へえ。……」

「ほんとにお蔦やお千佳を幸せにするため、やり直すっていうんだな」

「くどいですぜ。俺はお蔦やお千佳のためなら、何でもするつもりなんですぜ。命を張ってなんとかしてえと思います」

「一時とはいえ、お蔦やお千佳を使って、親から金をせしめようとしたんだぞ。それが幸せを願う男のやることか?」

「……もう、そんなことはしません」

「あたりまえだ。お千佳姫まで巻き添えにしおって。わしが親なら、おまえなんか生かしておかんぞ」

大門は話しているうちに怒り出していた。

「へえ。……済んません」

卯吉は頭を下げるだけだった。

文史郎がいった。

「邸からお蔦殿を助け出すために手伝ってほしい」

「もちろんです。お蔦を助け出すためなら、何でもします」

「監禁されている部屋は分かるな」

「へえ」

「どこだ？」

「部屋頭の家です。いまはお蔦は座敷牢に入れられてます。荒くれ者の手下がたくさんいて、部屋を交代で見張ってます」

「何人だ？」

「常時、四、五人。頭が出入りだと、一声かければ、すぐに四、五十人の暴れん坊の折助たちが集まりやす」

「そこへ、それがしたちを案内しろ」

「え？　あんたたちをですかい？」

「そうだ」

「でも、大名屋敷ですぜ。お侍さんは簡単には入れませんぜ」

「折助なら入れるんだろう？　わしらが新入りの折助に化ける。そうすれば、屋敷へ堂々と入れるんじゃないのかの」

文史郎はにやりと笑った。大門と左衛門は目をしばたたいた。

「わしらが折助になるんですか？」

十

文史郎は卯吉が屋敷に戻って大部屋から掻き集めて来た単物を着込み、その上に印半纏を羽織って、左衛門に見せた。

「どうだ？　折助に見えるか？」

「手拭いで頬被りをすれば、まあ怪しい折助に見えますな」

「それがしは似合わないだろう？」

大門ものっそりと現れた。爺はにやりと笑った。

「大門殿はよう似合いますのう。ほんとに折助だ」

「そういう爺さん、あんたもよう似合うよ」

大門は汚い手拭いを頬被りして不貞腐《ふてくさ》れたようにいった。

三人とも、卯吉に連れられ、伊達藩邸の門前に立った。

「そこの者たち、何者だ？」

門番が誰何《すいか》をかけた。顔見知りらしい卯吉が門番に近寄り、小銭を握らせ、部屋頭にいわれて、新しい折助を連れて来たといった。

「ほんとうだろうな」

門番たちは、文史郎たちの腰に何も差していないのを確かめた。

「よし、いいだろう。入れ」

門番は扉をどんどんと叩いた。

通用口の扉が中から開いた。

文史郎たちは、卯吉のあとにつき、邸内に入った。

昼日中ということもあって、門番たちは、昼食を摂ったり、番小屋で昼寝をしている。

屋敷内は静まり返っていた。

砂利を敷きつめた通りは玄関に続いている。

卯吉は番小屋の脇を抜けると、長細い家の出入り口に文史郎たちを案内した。そこが大部屋らしく、長い廊下の片側に二十畳ほどの広間が連なっている。

中間小者たちが、敷きつめた蒲団の上で、花札をしたり、骰子遊びをしていた。

大門のように黒髭を頬から顎にびっしりと生やした男が花札を打つ手を休め、顔を上げた。

「お、卯吉、どうした？　見慣れぬ顔の連中だな」

「へえ、新入りでやして」

「そうか。てめえら、新米は挨拶代わりに、手慰みに加われよ」

貧相な顔の折助がひひひと笑った。

「鴨にしてやるぜ。ネギをしょって来いや」

大門がにっと歯を剝き出して笑った。

「お、よろしうな」

「大門、あまり図に乗るな」

文史郎は大門の袖を引いた。

爺が目配せした。文史郎はうなずいた。

事前に卯吉から、おおまかな屋敷内の間取りを聞いている。大部屋の建物を抜ければ、部屋頭の一戸建ての家になる。

大部屋の建物とは渡り廊下で繫がっていた。

卯吉が先に立って渡り廊下を進んだ。

三人があとに続いた。

いきなり、家屋の玄関先で、六尺棒を抱えた男が二人、卯吉の前に立ち塞がった。

「おまえたち、どこへ行く」

「なんだ、卯吉か。今日、金を手に入れる日じゃねえのか。いいのか、こんなところをうろうろしていて」

「へ、頭に呼ばれて。一応、こいつら新入りを頭にお目通りさせ、手伝わせようとしているんでやす」

「頭から聞いてないな」

男の一人は猜疑心を丸出しにして、文史郎や大門を見回した。

「ぐずぐずいわずに、早く頭に会わせろ。大事な話がある。おまえらでは話が分からねえ」

大門が凄味をかけた口調でいった。男たちはきょとんとした。

「なんだ、こいつっ」

卯吉が相手をなだめた。

「急いでいるんで」

「行け」

男たちは渋々うなずいた。

卯吉は文史郎たちを従えて、廊下をなおも進み、突き当たりの角を曲がった。

奥の部屋の前に数人の男たちが屯して、骰子遊びをしていた。

「お頭は？」

卯吉が男たちにいった。

「頭！　卯吉が来ました」

「卯吉だと？　部屋へ入れ。どこへ行っていた。この大事なときに」

襖がらりと開いた。

大柄な男が仁王立ちした。奴髭を頬に生やし、脂ぎった顔で文史郎たちを見回した。

単物を羽織っただけの姿で、褌が見えた。

「なんだ、こいつらは？」

文史郎が懐に呑んでいた刀子《どす》を抜いて、するりと頭の首にあてた。

「源造といったな。神妙にいたせ」

「て、てめえらは？」

そこに屯していた男たちが、一斉に立ち上がり、脇差を抜いた。

「おい、源造、命が惜しかったら、みんなに脇差を捨てろといえ」

いきなり、男たちの一人が飛びかかろうとした。大門の足が男を蹴り上げ、ついで隣の男の腕を捻って刀を取り上げた。

別の男が左衛門に飛びかかったが、左衛門もあっさりと当て身を加え、その男の脇差も取り上げた。

「源造、おまえの手下は、おまえの命をあまり大事に思っていないらしいな」

「畜生！　卯吉、裏切ったな。おめえを信用したのが間違えだった」

「へ、頭、あんたの方が、俺を利用した上に、金を手に入れたら、最後に俺を口封じしようとしていたんだろ。お互いさまだぜ。さあ、お蔦を返してもらおうじゃねえか」

騒ぎを聞きつけ、玄関のところにいた男たちが駆けつけた。

「あ、こいつら、お頭に何をする」

文史郎は頭の髷に手をかけ、刀子で髷を切り落とした。

源造は悲鳴を上げた。髷は男にとって、命の次に大事なものだ。

「さあ、次は喉を切り裂いてやろうか。それとも、腹を裂いてやろうか」

文史郎は源造に囁いた。

「やめてくれ。何でもいうことを聞く」

「じゃあ。部屋の座敷牢に監禁しているお蔦を貰い受けようではないか」

「とっとと連れて行け」

文史郎は源造の懐から座敷牢の鍵を取り上げた。その鍵を卯吉に放った。

十一

長屋に無事連れ戻ったお蔦は、気苦労でやつれていた。ほつれ毛が襟足にぺったりと貼り付き、艶っぽい。

やつれた姿が色っぽく、文史郎も大門も、爺までも、お蔦の美しさに見とれて、溜め息をついた。

――なるほど、卯吉でなくても、この女といっしょになるなら、身を滅ぼしてもいいと思うかもしれない。

と、文史郎は内心思った。

卯吉は、そのお蔦と先刻からしんみりと話し込んでいた。

お千佳は子猫を抱き、大門にあやされている。大門は、これで別れるとなると寂しいらしく、先刻からお千佳を手離さないでいた。

突然、お蔦が大声で卯吉をなじり出した。

「ええ、あんたはそういう男だったんかい」

「へ、そうだぜ。はじめから、おめえなんか、目とも思っちゃいねえ。ちょっときれいだからって、のぼせるんじゃねえや。おめえはな、ただの金蔓だったんだ。へ、この剣客相談人たちの邪魔が入って、千両を取りそこねちまったんだ。千両だぜ」

「そうかい。分かった。あんた、芯から腐っちまったんだね」

「ああ、そうよ。おめえを吉原にでも売り飛ばして逃げればよかったものを、つい千両という金に目がくらんで、道を誤っちまった。おめえは、俺を立派な指物師にしようと思ったらしいが、よけいなお世話だって。俺は根から遊びが好きでよ、吉原には互いに好き合った女がいるんだ。千両ってえのはな、そいつを受け出すための金だったんだよ」

「あんたは、そういう男だったのね」

「いまごろ分かったかい。とうへんぼくめ」

　お蔦は泣き崩れた。

「おかあさん」

　お千佳が駆け寄った。お留とお米はお蔦を慰めながら、卯吉をどやしつけた。

「こんな男は、さっさとあきらめな。あんたが不幸になるばかりだよ」

「なんて男なんだよ。男のくず。出て行け」

「てやんでえ。くそあまめ。こっちから出て行かあ。あばよ。達者でくらせよ」

卯吉はせせら笑い、長屋を出て来た。油障子戸を音を立てて閉めた。

大門が卯吉に詰め寄った。

「卯吉。おまえは最低な男だな」

「待て、大門」

文史郎は大門を押し退《の》けた。爺が大門を余所《よそ》に連れ出し、耳打ちした。

「卯吉、よくやった。それで、男だ」

文史郎は卯吉の肩を叩いた。

「へ、殿様、これでよかったですかい」

卯吉は目にうっすらと涙を浮かべていた。

「うむ。これでいい。これでお蔦さんは、亭主の許に帰ることができる。おまえには気の毒だが、それがお蔦さんを幸せにする一番の方法だ」

「へ、あっしもそう思いやす」

卯吉は文史郎に深々と頭を下げた。

「お蔦のこと、どうか、よろしくお願いいたします。あっしは陰からお蔦の幸せを祈っております。では、ごめんなすって」

卯吉は踵を返すと、小走りに長屋の小路を駆け出して行った。

文史郎は腕組みをし、卯吉を見送った。爺と大門も、いつの間にか、側に立って見送っていた。

「一度も振り返りませんでしたな」

大門がしんみりといった。

長屋に枯れ葉がちらちらと舞い込んできた。

「もう秋だなあ」

文史郎は空を見上げた。抜けるような青空が広がっていた。

第三話　お犬様慕情

一

朝から冷たい秋雨が降っていた。じめじめとして鬱陶しい日だ。

文史郎は雨で楽しみにしていた釣りに行く気も失せ、煎餅布団の万年床に寝転んで惰眠をむさぼっていた。

寝ては覚め、覚めてはうつつの一日は、上屋敷や城での殿様時代には味わえない、のんびりした気分だ。

とりわけ、一仕事をうまく仕上げたあとの心地よさはない。

お蔦は無事材木商相模屋に連れ戻すことができた。あとは、お蔦と竹彦の夫婦の問題だ。剣客相談人が口を出すことはない。

しかし、あの心の広い竹彦のことだ。時間がかかることかもしれないが、きっと竹彦はお蔦とうまく人生を生きていくことだろう。

お蔦も、頭のいい女だ。一時の心の迷いを吹っ切って、旦那の竹彦との間の絆を取り戻すに違いない。

二人の間には、お千佳という可愛い鎹《かすがい》がいる。お千佳のためにも、お蔦竹彦夫婦は、暖かい家庭を作ってくれるだろう。

子猫のミイも母猫のタマの許で、お蔦やお千佳と共に幸せに暮らしている。

お蔦は機転のきく女だ。自分たちが部屋に軟禁されたと知ると、お千佳だけでも逃がそうと「母猫のタマを探しにお行き。屋敷の外にいるから」とお千佳に言い聞かせて、部屋から外へ出した。

さすがに折助たちも子猫を抱いたお千佳を見咎めることもなく見逃した。おかげで、お千佳は無事屋敷の外に出て、長屋に迷い込む結果になった。

お千佳の母猫タマ探しがなかったら、この事件、結構解決が遅くなったことだろう。

気がかりなのは、最後に、男っ気を出した卯吉のことだ。

その後、卯吉は江戸から姿を消したらしいが、きっとどこかで指物師の家業に戻り、立ち直ってくれるだろう。

人間、一度や二度の失敗で、いや、三度、四度の失敗であっても、その後の人生のすべてがだめになる、ということはない。

人生は起き上がり小法師《こぼし》だ。七度転んでも八度起き上がればよい。

口入れ屋の権兵衛も、相模屋から礼金をたんまり貰ったらしく、ほくほく顔だった。

お民が出してくれる粗茶も、いっぺんに上質な高級茶になった。現金なものだ。

我々の実入りも、だいぶ良かったものの、金庫番の爺の判断で、しばらく権兵衛に預かってもらうことになった。

大門甚兵衛は、入った金子《きんす》で、しきりに吉原へ遊びにくり出そうといっていたが、爺が一言《いちごん》の下《もと》に却下した。

爺いわく。

「吉原などでの女遊びや博打で身を持ち崩した卯吉を、なんとか改心させて得た金で、今度はそれがしたちが吉原なんぞへくり出そうとは言語道断。いや、そんなことは、この爺の目が黒いうちは絶対に許しませんぞ」

前から、爺は頭が硬い偏屈漢と分かってはいたが、これでは先が思いやられる。

やれやれ、退屈だのう。

そろそろ、口入れ屋へ行った爺が帰ってくるころだが。

文史郎は、爺が密かに買い込んで長持ちに隠してあった黄表紙を取り出して、ぱらぱら頁をめくるうちに、昼下がりになっていた。

油障子戸ががたがたと軋み、がらりと引き開けられた。

「う？」

爺の代わりに大門甚兵衛がのっそりと入って来た。いつになく浮かぬ顔をしている。

「お、どうしたのだ、大門、珍しいな。少々、元気がないではないか」

「うむ。このところ、ちょっと気になることがあってな」

大門は眉根《まゆね》に立て皺を寄せ、考え事をしていた。

下手な考え、休むに似たり。

文史郎は爺の口ぐせをいって、大門をからかおうとしたが、大門があまり深刻な顔をしているのでやめた。

「どうした。話してみろ。気が楽になるぞ」

「うむ」

大門は畳に上がり、薄い座蒲団を尻に敷いて胡座をかいた。

文史郎も煎餅布団に起き直った。

「どうも、わしを付け回しているやつがおるのだ」

「気のせいではないのか？」

「はじめはわしも気のせいかと思っておったのだが、どうもそうではないらしい」

「ほほう。おぬし、いったい、付けられるような、何をした？」

「何もしておらぬ」

「ほんとに何も心当たりはないのか？」

「うむ。……心当たりがないこともない」

「その心当たりとは何だ？」

「……それはいえぬ」

大門は頭を抱えた。

誰しも他人にいえぬ秘密を持っているものだ。文史郎は、あえて、それ以上深くは詮索しないことにした。他人にいえぬことを無理に聞き出さないのも、友情のうちだ。

「ま、いいたくなったら、いつでも、それがしは聞き役になってやるぞ」

「ありがとう。おぬしには心配をかけたくないのでな」

小路に下駄の音が響いた。

やがて油障子戸ががらりと開き、左衛門が帰って来た。

「ただいま、帰りました」

「御邪魔しますぞ」

　あとから狐顔の権兵衛が顔を出した。

　二人は呉服屋清藤の紋が入った番傘を畳み、戸口でぱんぱんと叩いて番傘の水滴を払い落とした。

「爺、お帰り。おう権兵衛もいっしょか。ご苦労さん。どういう風の吹き回しかの」

「お帰りなさい」大門が力なくいった。

「おや、大門さんもそこにおられたですか。それはちょうどいい。お呼びする手間がはぶけた」

　権兵衛は上がり框から畳の上に上がり、積んであった座蒲団を敷いて座った。

　爺が台所に立った。

「権兵衛殿から、旨い茶をいただいて来ましたゆえ、茶でも淹《い》れましょう。そこに大門殿もおられましたか。あまり静かだったので、いないか、と思いましたな」

　爺は七輪に炭火を熾《おこ》しはじめた。団扇をばたばたと扇《あお》ぎながらいった。

「いやいや、相模屋彦兵衛のご依頼の件は、お疲れさまでした。上首尾にいったので、相模屋彦兵衛や若旦那は大喜びでしたよ。若旦那の夫婦仲も、どうやら丸く納まって」

「それはよかった」

「娘のお千佳ちゃんが、またここの長屋に来たい、来たいと大変らしいですよ。なんでも、ここには熊さんがいるとか、ほんとですか？」

「……それがしのことだ」大門が嬉しそうに顔を上げた。

文史郎は大門に目をやった。大門は少し機嫌が直ったらしく、髭面を歪めて笑った。

「なんだ、大門さんのことでしたか」

「おいおい、なんだはないだろう。権兵衛殿、お千佳姫が来たいというなら大歓迎だ、いつでも迎えに行く、と相模屋に伝えてくれ」

「はいはい。そう伝えておきます。熊さん」

権兵衛は大門をからかいながら文史郎に向き直った。

「ところで、こちらへ参りましたのは、お仕事が入りまして、ご相談したいのです」

「つい数日前に、大きな仕事をやったばかりではないか。そう立て続けでは……」

「そう思いまして、いったんは先方にお断りしたのですが、先方がどうしても、ここは評判の剣客相談人にお願いしたい、と。それに、今度の仕事はいたって簡単です。ただ犬の散歩をしていただくだけですんで」

「なに？　狐憑き、猫探しの次は、犬の散歩だというのか？」

「はい」

文史郎は権兵衛にいった。

「権兵衛、おぬし、わざわざ動物にちなむ仕事を探したのではあるまいな。今度の犬の次は猿とか馬とか」

「滅相もない。口入れ屋は、向こうからの依頼が舞い込んでくるのを待つ仕事ですよ。偶然に、狐、猫と続いて、たまたま、この度は犬となっただけです」

大門もやる気なさそうにいった。

「……権兵衛、犬の散歩なら、わしらでなくてもいいではないか。近所の子供にでもやらせればいい。なにも大の大人のわしらがやることでもないだろう？」

「それが訳ありなのです」

文史郎は権兵衛のもったいぶった言い方にうんざりしながらいった。

「だろうな。そう思った。ただの犬の散歩ではない。訳を聴こうか」

「ご依頼人は、深川の芸者です」

「先にそれをいえ」

文史郎は黄表紙を放り出し、むっくりと軀を起こした。

「あ、それがしのもの。いつの間に……」

爺は台所から顔を出し、顔をしかめながら、黄表紙を慌てて拾い上げた。文史郎をじろりと睨みながら、長持ちに仕舞い込んだ。

権兵衛はにやにやと笑った。爺は少々うろたえ、顔を赤くした。

「いや、これはなに、仕事柄、いろいろ世の中のことを知っておかねばならんのでな」

文史郎は権兵衛を急《せ》かした。

「権兵衛、話を逸《そ》らすな。で、深川芸者がどうした、というのだ？　まず名前は？」

「全身が黒い甲斐犬なので、名前はクロ」

「犬の名ではない。深川の芸者の名前だ」

「花奴《はなやっこ》。深川の芸者の中では、一、二を争う人気の芸者ですな。踊りは達者、歌は上手《うま》い。もちろん、花も恥じらうような美人で、色っぽさでも大評判でしてな」

「うむうむ。それで」

大門が身を乗り出した。

大門はいつもの元気を取り戻した様子だった。

「その花奴が、さる御大名から賜《たまわ》ったのが、件《くだん》のクロだったのです」

文史郎は大門と顔を見合わせた。

「そのさる御大名というのは誰だ？」

「それは知りません。内緒とのことです。それよりも、そのクロ。これが忠犬で、女だけの家というので頼りにされておりまして、夜は夜這い除け、泥棒除けの用心棒となっているのです」

「なるほど」

「このクロが、最近、何度か殺されそうになったのです。一度などは、毒入りの饅《まん》頭《じゅう》が庭に放り込まれたり、石を投げられたり……」

「ほほう。花奴を狙ったのでなく、クロをやっつけようというのだな」

「花奴は、クロがいなくなったら、きっと次は自分だろう、と恐れているんです。あるいは、さる御大名からの賜り物の犬だから、それを殺して花奴の立場を悪くしようという輩《やから》の陰謀かもしれない、というのですな。それで、しばらくの間、犬を守ってくれないか、という依頼なのです」

「なんだ、花奴の用心棒ではなくて、犬の用心棒というのか」

大門はがっかりした声でいった。

「それはそうですが、もちろん、花奴のお家に住み込んで、という話ですから、花奴の護衛も兼ねることになりましょうな」

「どうするかの？　引き受けるとしても、一人でよさそうだな。わしら三人が揃って顔を出さなくてもよさそうだが」

文史郎は大門と爺を見た。

ちょうど台所から出て来た爺は、盆に四つの湯飲み茶碗を載せていた。

「さあ、召し上がってくだされ」

「ですから、お手隙の方が、一人ずつ、交代で深川の花奴のお家に詰めて、張り番をすればいいのではないか、と。次の大きな仕事が来るまで、のんびりと、花奴の踊りや歌を楽しみながらやれるお仕事ではないでしょうか？」

「殿、引き受けてみますか」

大門が一番乗り気な様子でいった。

二

犬と女子《おなご》は、初めの出会いが肝心。

というわけで、文史郎は、爺・左衛門、大門と打ち揃って、深川の花街に出かけることになった。

さすが、深川の花街は、遊郭吉原と天下を二分するだけあって、昼間とはいえ、どこの通りも大賑わいだった。

富岡八幡から洲崎にかけての木場《きば》の材木置場を別にすれば、縦横無尽に走る掘割をちょいと舟で行って、ちょいと船着き場に降りれば、どこかの岡場所に出る。旅籠があり、出合い茶屋あり、船宿あり、なんでもありの遊び場だ。

あれほど、吉原行きに駄目を出していた爺も、仕事で深川の花街に行くのに、文句はいわなかった。

むしろ、黄表紙なんかを読むよりも、実際に自分の目で、浮き世を見て回る方が、どんなに楽しめるか。百聞《ひゃくぶん》は一見《いっけん》にしかずである。

権兵衛から貰った絵地図を頼りに、文史郎たち三人は、深川の遊郭街をぶらぶらと見物しながら、芸者花奴の家を目指した。

「あら、素敵なお侍さんたち。うちへ寄ってらして」「うちの方へ、どうぞ」

途中、文史郎たちは駆け寄って袖を引く客引き女たちに、何度となく宿へ引き込まれそうになるのだが、そこは希代の堅物、爺がいる。その度に爺はむんずと文史郎と大門の帯を摑み、

「殿、大門殿、お仕事ですぞ」

爺は頑として譲らず、従って文史郎も大門もあきらめて、店先を通り過ぎる。

朝早く長屋を出たせいもあって、ぶらぶらと見物しながら歩いた割りには早く、昼ごろには花奴の家の前に着いていた。

花街の外れの掘割端の一軒家だ。周囲を丈が高くて黒い板塀で取り囲まれた二階建てだった。

同じような造りの二階家が、ずらりと並んでいるところを見ると、いずれも深川芸者や花街の店主たちが住んでいるのだろう。

冠木門の木戸を開ける前から、猛然と吠える犬の声が聞こえた。

「クロクロ、クロちゃんやい」

大門が猫撫で声ならぬ犬撫で声で呼びかけながら、木戸を押し開いた。

玄関脇に鎖で繋がれた黒い犬が、鎖を切りかねない勢いで吠えかかる。

真っ黒な毛並みの甲斐犬だ。目は丸くて愛嬌はあるが、顔は厳《いか》つくて武骨。尻尾はふさふさとした巻き尾。上半身に筋肉がついた短軀。両手両足が短い。

だから、あまり見かけは見栄えのいい犬ではない。もともと甲斐地方に生まれ育った猟犬で、愛玩用ではないから当然でもある。

甲斐犬は軀こそ大きくないが、気質は勇猛果敢。飼い主に忠実で、自分よりも大きく凶暴な猪や熊、狼に対しても怯《ひる》むことなく向かっていく。猟犬としては信頼できる犬だ。

　文史郎はうむ、いい犬だ、とうなずいた。

　爺がいつになく弱気で尻込みをした。

「それがし、ちと犬嫌いでしてな。この仕事、ご遠慮いたそうかな」

「大丈夫。犬はこちらが逃げ腰だと分かると追いかけ、飛びかかり、嚙み付くものだ」

　文史郎は吠えるのもかまわず、犬の前にさっと後ろ向きにしゃがみ込むと、犬に尻を突き出した。

「と、殿、咬まれまするぞ」

「大丈夫。こうして尻を嗅がせる。敵ではない、という犬同士の挨拶だ」

　クロは吠えるのをやめ、くんくんと文史郎の尻を嗅ぎ出した。

「いいか。決して犬の目を真正面から見てはならんぞ。真正面から見れば、犬に喧嘩を売るようなものだ。そっと目を逸らして、尻から徐々に近づくのだ」

　文史郎はそういいながら、今度は掌にぺっと唾を吐きつけた。

「いいか。手は犬の頭にかざしてはいかんぞ。こうして、下からゆっくりと手を出す。

目は逸らしたままだぞ」

　クロは文史郎の差し出した掌をくんくんと嗅いでいたが、やがて、ぺろぺろと桃色の舌で舐めはじめた。

「おうよしよし。クロ、いい子だ。それがしの臭いを覚えたな」

　文史郎はクロの顔をゆっくりと撫でた。

　クロは大門と左衛門には、低く唸り声を上げ、牙を剝き出した。鼻に皺を作っている。

「大門、爺、おぬしたちも、それがしのように、クロに挨拶しろ。そうでなくては、クロと仲良しになれんぞ」

「分かった。これも仕事のうち。芸者を射んとしたら飼い犬を射よ、だな」

「どうして、殿はこのような犬と仲良くできる挨拶を御存知なんで」

　大門と爺はしゃがみ込み、おっかなびっくり、へっぴり腰で、クロに尻を突き出した。

　通りすがりの町人や子供が、大門や爺のへっぴり腰姿を見てにやにや笑っている。

　文史郎も笑いながらいった。

「他人の目は気にするな。……どうして、拙者が知っているのか、というのか？」

クロは大門の汚そうな尻と爺の尻を交互に嗅ぎながら、尻尾を振りはじめた。

「覚えておろう。奥の萩が可愛がっておったチン。あいつを手懐《てなず》けるのに手を焼いてのう。あいつ、余が萩の方の寝床に入ろうとすると、吠えかかってくる。で、犬を飼っている者にどうしたらいいか、指南を受けたのだ」

大門と爺は掌にぺっと唾を吐いて、クロに舐めさせた。クロは愛想よく尻尾をぶるんぶるんと振り回した。

「まあ、汚い」

いつの間にか、玄関の格子戸から、島田髷の女の顔が覗いていた。女は顔をしかめたが、文史郎がじろじろと見ているのに気づいて、ぽっと頬を赤らめた。

歌麿《うたまろ》の美人画に描かれているような島田の変形である三つ輪の髪形に灯籠鬢《とうろうびん》を結っている。

瓜実顔におちょぼ口。奇麗な柳眉の下に切れ長の黒い瞳の目が文史郎たちを眺めていた。

着物の上に、男物の黒い羽織を着込んでいる。粋な辰巳《たつみ》芸者だった。

「もしや、あんたたちは、権兵衛にお願いした剣客相談人の方々かえ？」

「そうでござる」

大門が文史郎を脇に押しのけ、真っ先に女の前に進み出た。

「拙者、大門甚兵衛と申す者。こちらが、大館文史郎、そして、そちらに控えし者は、爺の左衛門でござる」

大門は勝手に紹介した。文史郎は一礼した。

爺はクロに尻を突き出した格好をやめ、急いで頭を下げた。

「よろしく」

「あちきは、花奴と申します。さ、奥へどうぞ。由比《ゆい》、婆や、お客様がお出でですよ。お迎えして」

「はーい、ただいま」

奥から若い娘が襷を外しながら現れた。ついで、そのあとから老婆が足を引き摺るようにして迎えに出て来た。

「いらっしゃいませ」

娘と老婆は上がり框に続く廊下に正座してお辞儀をした。

「芸者見習いの由比と、婆やの寅《とら》です。よろしうお願いします」

花奴は、文史郎たちに二人を紹介した。

「さあさ、上がってください」

「では、失礼つかまつる」

大門が腰から刀を抜き、手に携えながら、真っ先に上がった。

「では、失礼」

文史郎は苦笑しながら、草履を脱ぎ、上がり框に上がった。そのあとに爺が続いた。

三

「と申しますと、クロが襲われる理由が見当たらない、というのですな」

文史郎は花奴に聞き返した。

「はい。もし、理由があるとすれば、誰かがあちきに恨みを持って、嫌がらせをしているとしか思えませぬ」

「恨みといいますと、誰から恨まれておるのですか？」

大門が尋ねた。花奴は長火鉢に軀を預け、膝を崩して、婀娜《あだ》っぽく笑った。

「それが分かれば、その人に談判もできます。でも、証拠がなければ、言い逃れができましょう」

「クロが死んで得をするのは誰ですかのう？」

「どなたも得はなさらないでしょう。あちきが悲しむだけ」

　文史郎は笑いながらいった。

「あなたに恨みとまではいわずとも、妬《ねた》み嫉《そね》みを抱いている人は多いのではないですかのう？」

「あら、おっしゃいますね。どうしてですか？」

「花奴に贔屓の客を取られたとか、恋人を横取りされたとか。とかく美人は妬まれるものでしょうからな」

「まあ、お口がお上手ですこと。そんなこと、あちきは知りませぬ」

「では、クロをくださったさる御大名とは、どなたなのです？　その御大名から寵愛を受けていた人、あるいは寵愛を受けようとしていた人が、あなたにその立場を奪われて、嫌がらせをするとしたら、いかがですかな？」

「……その御大名の名は、深川芸者として、申し上げられませぬ。ただ、お忍びでお越しになられた御方ということにしておきます。その御方が、あちきを座敷に呼ぶ前に、一、二度、座敷に呼んだ芸者がいます。もしかして、その芸者の息がかかった者の仕業かもしれませぬが、これも邪推の類です」

「ほほう。念のため、その芸者の名前を聞いておこうかの」

「……貞吉《さだきち》」

　大門が訝った。

「男のような名ですの」

「深川芸者は、客に媚《こ》びない意地と張りが身上。女だてらに、といわれるほど、意地も強いし、喧嘩もする。だから、男物の羽織を羽織って、お座敷にも出る。花奴の名も、花こそ女風だが、下は男の奴。貞吉も、意地があるから、そう簡単には、御大名をあちきに譲りたくない。その御大名をあちきに盗られてなるものかと、嫌がらせをしているのかもしれません」

「なるほど。御大名の御寵愛の印であるクロが死ねば、御寵愛を取り戻すことができるかもしれない、という考えですな」

「……あい」

　花奴は長いキセルの頭を長火鉢の端に、ぽんとあてて、莨の灰を落とし、掌で受けた。

「今度は、おんなの争いということか。爺、おんなは恐ろしいのう」

「危ないから、男はおんな遊びが好きなんでしょう。殿」

　爺はじろりと文史郎を冷たいまなざしで見た。

「ふふふ」と花奴が含み笑いをした。

その笑みが、文史郎の背筋の毛を逆立てるほど、色っぽかった。大門もごくりと喉を鳴らして唾を呑んでいた。

四

その日から、文史郎たち三人は交代で、毎日一人ずつ当番となり、花奴の家に詰めてクロの警護をすることになった。

大の男が犬の警護とは情けない話だが、こ汚い長屋住まいと違い、芸者花奴の瀟洒な家に泊り、上げ膳据え膳の三食昼寝付きというのだから、誰も文句をいわなかった。

みんな、自分の当番が来るのを心待ちにしていた。

はじめの六日間は、何事もなく過ぎていった。当番にあたった者は、最初、いつ何時、誰かがクロに悪さをするか分からないと緊張していたが、まったく何も起こりそうもないので、だんだん気が緩んで来た。

文史郎たちがやることといったら、毎日、朝晩にクロを散歩させること、あとは日長、控えにあてがわれた部屋で寝転んで昼寝をしたり、黄表紙を開いたりしていればいいのである。それでは軀がなまるので、ときに裏庭で薪割りをしたり、水汲みをして、婆さんや由比の手伝いをするくらいである。

花奴は、昼には風呂に入って化粧を整え、夕方になると迎えの者といっしょに出かけて、座敷に上がる。

ときに、花奴は酒の匂いをぷんぷんさせて帰ってきたりするが、泊まって朝帰りをするようなことはない。

結構身持ちのいい芸者なのだな、と文史郎は感心するのだった。

異変が起こったのは、張り番が始まって八日目の夜のことだ。その日は爺の当番の日だった。

座敷から帰った花奴がお風呂に入浴している最中のこと、風呂場の脇に繋がれたクロがけたたましく吠え出した。

すわ何事と爺が裏庭に回り、風呂場の外に急行したところ、黒い人影が高い塀をよじ登って逃げていくのを目撃した。

爺は外に飛び出し、人影を見かけた場所に回ったが、そこは隣の黒塀との間の細い路地で、すでに人影は見当たらなかった。

あとで調べて見ると、何者かが登った塀の箇所には、外の路地から梯子《はしご》が掛けられており、内側の庭には梯子に縛り付けた縄梯子が垂らされていた。

その梯子は犯人が近所の材木店から借用したものと分かった。

「そいつは、花奴の入浴姿見たさに忍び込んだ、ただの覗きではないか？」

大門は笑いながらいった。爺は憤慨した。

「それにしてもけしからん。女の裸を見て何がいいのだ？　きっと、別の目的があって忍び込んだにちがいない」

「ともあれ、クロに何事もなかったのはなにより」

文史郎は爺の興奮を静めるようにいった。

二件目の異変は、その翌々日、当番の大門がクロの散歩に出かけたときに起こった。

大門が近くの寺の境内にクロを連れて行って用を足させたあと、ぶらぶらと花街の通りを抜けて帰ろうとしたとき、人混みの中を何者かが大門たちをずっと尾行しているのに気づいたというのだ。

大門はわざと通りを逸れ、人気《ひとけ》のない抜道の小路に誘い込もうとしたが、敵はそれを察したらしく入っては来なかったという。

文史郎は訊いた。

「たしかか？　気のせいではないのか？」

「いや、たしかにいた。殺気を感じたのだ」

爺が口を挟んだ。

「相手の姿は見たのですかのう？」

「大勢の物見遊山の通行人がいたからな。どれがそうだったかは分からない。ともかく、一人ではなく、二人以上の者がそれがしを見ている気配がした」

文史郎が念を押した。

「おぬしを見ていたというのか？」

「うむ。……」

「侍か、それとも町人か？」

「分からぬ。……それよりも、気になることがある」

大門は浮かぬ顔になった。

「どうした？」

「もしかして、あの殺気は、クロではなく、それがしに向いていたような気がするのだ」

文史郎は笑った。

「ははは。それは当たり前だろう。クロを殺《や》るには、用心棒のおぬしを倒さねばならぬからな」

「そうかのう。……それならいいが、それがしには、そうと思えぬ節もあるのだ」

大門は不審げに、首を傾げた。

「どうした、大門、おぬしらしくない」

「……うむ。そうだな、そんなことはないよな。きっと間違いだ」

大門は自分に言い聞かせるようにいい、思い直した様子で顔を上げた。大門の顔はいつもの陽気な顔に戻っていた。

「おいおい、何が間違いだというのだ？」

「いや、何でもない」

「おかしなやつ」

文史郎は爺と笑い合った。

五

十日目、文史郎の番になった。

その日は、秋風が吹いてはいたが、それほど寒くはない。空はあくまで高く、青々と澄んでいた。

文史郎は、お留が差し入れてくれた漬け物とみそ汁、納豆御飯で、腹の具合を整え、花奴の家に出向いた。

花街近くの船着き場で、舟を降りた。深川の花街は、さすがに朝とあって人の通りはまばらで、茶屋や宿の店先では、使用人たちが昨夜の名残りの掃除に忙しく立ち働いている。

花奴の家では、芸者見習いの由比が甲斐甲斐しく箒《ほうき》で掃除をしていた。由比は明るい顔で文史郎を出迎えた。

文史郎は由比の変わらぬ様子から、昨夜は何事もなかったらしい、と判断した。

花奴は昨夜の帰りが遅かったらしく、まだ寝所で寝ている様子だった。

台所から顔を見せた寅婆さんも、笑顔で「いらっしゃい。お早いお着きで」と文史郎を迎えた。

左衛門は玄関に近い控えの間で、寅婆さんのお相伴《しょうばん》で、箱膳を前にし、もくもくと朝食を摂っていた。

箱膳には、爺の好物の煮物や茄子の浅漬け、豆腐が添えられてあった。どうやら、爺は寅婆さんから好かれたらしい。

爺は文史郎に照れたようにいった。

「殿、お食事は？」

「済ませた。昨日の様子は？」

「残念ながら、何事もなしでした」

「クロの具合は？」

「元気溌溂《はつらつ》です。朝の散歩を待っているようですが」

文史郎は庭の立ち木に繫がれたクロを覗いた。

クロは文史郎が着いたのを知っており、早く散歩に行こうと何度も吠えた。ふさふさした尻尾をぐるんぐるんと回している。

クロはすっかり、文史郎や爺、大門に慣れていた。

「では、散歩に行って参るか」

文史郎は爺にいい、庭に降りて、クロの頭を撫でた。

立ち木に繫いだ鎖を解いた。クロは鎖をぐいぐいと引き、木戸へと文史郎を引っ張った。

クロに引かれながら、木戸を開けて外へ出た。

「お出かけですか」

玄関先で表を竹箒で掃いていた由比は、顔をほころばせた。

由比はまだ幼さを残した丸顔をほころばせて笑った。いつも元気に立ち働いている由比の姿に、文史郎はほのぼのとした好感を覚えていた。

文史郎は、この娘も、いつか、花奴のように艶やかな蝶になるのか、と思うと、口惜しい気もした。このまま健《すこ》やかに育ち、良縁を得てほしいものだと、実の父親のような気持ちになり、いささか感傷的になった。

「では、一回りして参る」

「行ってらっしゃいませ」

由比は丁寧に頭を下げた。

文史郎は由比に見送られ、クロを連れて、花街の通りに歩き出した。クロは通りのあちらこちらに残っているらしい犬の匂いを嗅ぎながら文史郎を引いて行く。

花街の猥雑な通りを避けて、右手の小路に入ると、その先は掘割に突き当たる。掘割沿いの道を進むと、稲荷神社の祠がある。

文史郎はのんびりした気分で、稲荷神社の角を曲がり、人気《ひとけ》ないお寺の境内に入った。境内には拝殿の近くに松の木林がある。

クロはその林に来ると決まって大便を催すのだった。

その日も、クロはそうするだろう、と思い、鎖を持つ手を緩めたとき、いきなり、クロが猛然と太い松の木に向かって吠えはじめた。

「待て、クロ」

文史郎は殺気を感じ、クロの鎖を引いた。

太い松の幹の陰から、するりと人影が現れ、文史郎の前に立ち塞がった。

ついで、脇の拝殿からも一人。さらに、参道の灯籠の陰から、もう一人。

文史郎は三方を取り囲まれた。

「おぬしたち、何用か?」

三人の侍は無言だった。

いずれも野袴を穿き、刀の下げ緒で襷をかけ、額にはきりりと鉢巻を締めていた。月代はきちんと剃り上げている。

風体から見て浪人ではない。どこかの家中の侍だった。

正面の侍が無言のまま、大刀をするりと抜いた。残りの二人も、それに呼応して抜刀した。

正面の侍は、刀を右八双に構えた。右斜め後ろの侍は下段に、左斜め後ろの侍は中段に構え、三方から同時に襲いかかろうとしている。

クロは吠えながら、目まぐるしくぐるぐると回り、相手に襲いかかろうと暴れている。その動きが相手を牽制し、すぐには飛び込んで来られぬようにしていた。

文史郎は鎖を握りながら、少々焦った。下手にクロの鎖を離せば、クロは真っ先に相手に飛びかかる。

正面の侍は、構えから、かなりの剣の手練《てだれ》と分かる。クロは飛びかかると同時に真向から斬られるだろう。

それではクロを犬死にさせるだけだ。犬死にさせては、クロの護衛役として失格だ。

文史郎はクロの鎖をたぐり寄せながら、刀の柄を押さえ、正面の男にいった。

「おぬしたち、何者だ?」

「…………」

相手は何も答えない。答える代わりに、三方から、なおも、じりっ、じりっと間合いを詰めて来る。

文史郎は右手に暴れるクロの鎖を持ち、左手で大刀の鯉口を切りながらいった。

「おぬしたち、なぜ、この犬を殺そうというのだ?　訳をいえ」

「……犬など無用。貴殿のお命頂戴つかまつる」

正面の侍が低い声でいった。

「なにい？　おぬしたちは、拙者の命を狙っているのか？」

文史郎は愕然とした。

と、そのとき、正面の侍が飛び込みざまに大刀を大上段から振り下ろした。

文史郎は身を躱しながら、クロの鎖を離した。クロの黒い軀が矢となって放れた。

後ろの二人も、同時に斬りかかってくる。

文史郎は大刀を抜きざま、腰を沈め、左斜め後ろへ刀の先を突き入れた。手応えがあった。

「うっ」と小さな呻き声が漏れ、相手の軀が文史郎に全身を預けるようにのしかかった。

文史郎は刀を引き抜き、軀を右に回転させながら、右斜め後ろから踏み込んできた侍の胴を払った。

相手の胴から血飛沫《ちしぶき》がどっと噴き出した。

目の隅に、正面から斬りかかろうとする侍の姿が入った。侍は文史郎を上段から斬り下ろそうとしている。

文史郎は斬られると覚悟した。返す刀で受けようとしたとき、一瞬早く、目の前を黒い塊が相手に向かって飛翔した。鎖が音を立てて飛んだ。

クロは大刀を振り下ろそうとしていた侍の喉元に咬みついていた。

悲鳴が上がった。

侍は喉に咬みついたクロを引き剝がそうと、必死に大刀を振り回した。だが、長い大刀では喉元に喰らいついたクロは近すぎて、斬ることができない。

侍は大刀の柄で、クロの鼻面をがんがんと殴った。さすがのクロも我慢できずに、飛び退《の》いた。

「………」

侍は咬まれて血だらけになった喉元を左手で抑えながら、いまいましそうにクロを睨み、後ずさった。

クロは、今度は侍の足を咬もうと、侍の周りを走り回り、隙を見ては飛びかかる。侍は後退しながら、右手の大刀を振り回し、クロを斬ろうとした。クロが巧みに体《たい》を躱《かわ》すので、刀は空を斬るばかりだった。

侍はクロの攻撃に堪り兼ね、戦意を喪失していた。だが、相手は手練だ。いつまでも、クロにいいようにはされない。動きを見切られれば、クロは斬られる。

文史郎は、クロに怒鳴った。

「クロ、待て！　もういい」

クロは走るのやめた。クロは刀を何度も避けるうちに、どこかを斬られたらしく、血を流していた。

文史郎はクロの鎖を掴んで、クロの軀を押さえた。クロは荒い息をしていた。

その間に、侍は踵を返し、境内から走り去った。

文史郎は刀の血振りをし、懐紙で刀身を拭った。目の前に朱に染まった侍が二人倒れていた。喉元に手をやったが、二人とも脈はなかった。

「……犬など無用。貴殿のお命頂戴つかまつる」

さっきの侍の低い声が文史郎の耳に残っていた。

――それがしの命を狙うだと？

文史郎は、いったい、どういうことなのか、と思い戸惑うのだった。

六

クロを連れて急ぎ足で家へ帰り、木戸を開けて庭へ入った。

庭で菜園に水をやっていた由比が血だらけの文史郎を見て、小さな悲鳴を上げた。

「たいへん！　お武家様、大丈夫ですか？」

「大丈夫だ。これは怪我ではない。これこの通り」

　文史郎は笑顔を作りながら、手足を動かして見せた。

「殿、いかがなされた」

　爺が由比の悲鳴を聞きつけ、控えの間から顔を出した。爺は返り血を浴びた文史郎を見て驚いた。

「お怪我は？」

「爺、心配いたすな。これは返り血だ」

「返り血ですと！　いったい、何事です？」

「常明寺の境内に行ったところ、いきなり、三人組の侍に斬りかかられた」

「侍ですと？」

「うむ。それも三人とも、凄腕の侍たちだった。おそらく神道無念流《しんとうむねんりゅう》と見た」

「浪人者ですか？」

「いや、どこかの家中《かちゅう》らしい。三人とも、きちんとした身なりだったし、月代も奇麗に剃られていた。止むを得ず、二人は斬ったが、一番の遣い手の侍には逃げられた」

「まずはよかった。爺は、殿が怪我をなされたかと心配しました」

　爺はほっと安堵の胸を撫で下ろした。

「やはり出ましたか。クロは無事ですか？」

爺は庭のクロに目をやった。

クロは元気に庭で爺に甘えるように吠えた。

「あの通りに無事だ」

「よかった。しかし、どうして、クロが狙われるのですかのう？」

「爺、それがおかしいのだ。それがしが、クロをなぜ狙うと問うたら、相手は『……犬なんぞは無用。貴殿のお命頂戴つかまつる』と申しておったのだ」

「殿のお命を狙うですと？」

爺は顔をしかめた。

「うむ、たしかにそういった」

「……何者でしょうか？」

爺は訝った。

「まだ分からぬ。爺、クロの傷を診てやってくれ」

「はい」

爺はクロを呼んだ。クロはおとなしく、爺に駆け寄った。

「クロに助けられた。さすが猟犬だけあって、素早く動く。おかげで、危うく斬られるところを防いでくれた」

「それはそれは。クロ、ようやった」

爺はクロを誉めた。

文史郎は裏庭の井戸端に行き、血に汚れた顔や手を洗った。

爺は井戸の水を汲み、クロの軀を洗った。クロは水浴びが好きらしく、水を掛けると喜んで逃げ回る。

「少々、擦り傷や切り傷がありますが、たいしたことはありますまい。この程度の傷なら放っておいても治りそうですな」

爺は庭を駆け回るクロを見ながら安心したようにいった。

「爺、済まぬが、番所に行って寺の境内に転がっている骸《むくろ》二体を引き取るようにいってくれ。あのまま二人を放置しておいては忍びない」

「かしこまりました。すぐに番屋へ知らせることにしましょう。御免」

爺はおっとり刀で外に駆け出して行った。

由比の知らせを受けて、二階から慌ただしく足音を響かせながら、花奴が階段を駆け降りて来た。

「文史郎さま、大丈夫でしたか」

花奴はまだしどけない寝巻姿だった。着物の裾が乱れ、白いふくらはぎや腿が覗いていた。

「大丈夫、大丈夫。……」

文史郎は花奴の色っぽい姿態に目を奪われたままうなずいた。

「あら、いやですよ。こんな格好を見られて」

花奴は恥じらいながら、着物の裾の乱れを直した。

「そんな血だらけの着物を着ていては気色が悪うございましょう。由比、殿方の浴衣を用意して」

「はい、お姉様」

由比は奥の部屋に走り去った。

「婆や、文史郎さまにお風呂を用意して」

花奴は台所から顔を出した寅婆やにいった。

「はい。御新造《ごしんぞ》様、ちょうどお風呂が焚き上がったところです。いつでも入れます」

「文史郎さま、どうぞ、お風呂で汚れを洗い流してください」

「こんな汚れ、井戸端で水でもかぶれば、すぐに洗い流せましょう」

「外では、お風邪を召しましょう。もう夏ではありませんよ。どうぞ御遠慮なさらずに。さあさ」

花奴は文史郎の袖を摑み、風呂場へ連れて行った。

「さあ、着物をお脱ぎあそばされて」

花奴は風呂場の入り口の廊下で、文史郎の袴や着物を脱がせようとした。

文史郎は慌てて、花奴の手を押さえた。

「かたじけない。だが、自分でやります。では、お言葉に甘えて。失礼つかまつる」

文史郎は風呂場の脱衣場に入り、戸を閉めた。花奴の可笑《おか》しそうに笑う声が聞こえた。

「脱いだ着物は、そこに置いたままになさってください。すぐに洗濯をさせますから」

「かたじけない。それでは、ここに置きます」

文史郎は袴や着物を脱ぎ、下帯も取った。

風呂場には白い湯気が立ち籠めていた。

風呂場の洗い場に入り、湯船のお湯を何度もかぶった。糠袋《ぬかぶくろ》で全身を洗い落とした。

そのあとで文史郎は湯船に入り、のんびりと首まで湯に浸かった。

脱衣場から脱いだ着物を片づけている気配がした。花奴が、浴衣を持って来た由比に、汚れた着物を洗うよう指示する声も聞こえる。

生き返る心地だった。

やはり、風呂はこうでなくては、と文史郎はつくづく思った。

湯屋の湯は汚れた軀の男たちが、ろくに軀を洗わずに入るので、一番風呂でもないと、相当に汚れている。男の生臭い臭気がする。

石榴口《ざくろぐち》をくぐって湯殿に入るので内は薄暗く、湯が汚れているかどうかは見分けられない。あまり遅く湯屋に行くと、湯はぬるっと泥のようにぬめりがあり、湯に浸かってのんびりとすることなどできやしない。

それに比べて、この家の内風呂は明るく、お湯がさらさらしていて、何かの花の香りまでする。こんな湯に毎日入っているから、花奴のように、すべすべした美しい肌を保てるのだろう。

脱衣場から戸越しに、花奴がいった。

「お背中をお流ししましょうか?」

「いや結構でござる」

文史郎はどぎまぎしながら答えた。

「いったい、どうなさったというのです?」

「三人の侍に斬り掛かられた」

「まあ、よくぞご無事で」

花奴の驚く声が返った。

文史郎は、ふと頭を過《よぎ》った疑念をいった。

「おぬしにクロを預けた御大名の家臣ではないか、と思ったのだが、どうかのう」

「あら、どうしてですの?」

「件《くだん》の御大名がおぬしに入れ揚げるのを、快く思っていない家臣どもの仕業ではないか、と思うてな」

風呂場の戸が突然に開いた。白い湯気の中に、朧《おぼろ》げに霞《かす》んだ花奴の裸身が入って来た。手拭いで豊かな胸を隠している。

いつの間にか、花奴は髷を解き、長い黒髪を背中に垂らしていた。その立ち姿は、浮世絵の美女が絵から抜け出して現れたかのようだった。

「お背中をお流しします」

「あ、う……」

文史郎は思わず手拭いで顔を隠した。手拭いの陰から恐る恐る花奴の裸体を覗き見た。

「ま、うぶな御方。女子の裸など見飽きておられるでしょうに」

花奴は笑いながら、長い髪を前に流し、洗い場の簀《す》の子に立て膝をしてしゃがんだ。手桶で湯船の湯を掬《すく》って、肩の白い肌にかけはじめた。見る見るうちに肌が薄桃色に変わっていく。

「………」

文史郎は花奴のうなじから背を経て、尻への丸みに続くなだらかな曲線を目の当りにして、側女のお里や由美の豊満な軀を思い出した。いやお里や由美など比べものにならぬくらいに花奴は艶っぽい。

花奴は髪を払い、手拭いで胸を隠し、すっと立ち上がった。はち切れそうな乳房の丸みが手拭いからはみ出している。

「……ごめんあそばせ」

花奴は手で股間を隠し、湯船に跨《また》ぎ入ろうとした。黒い翳《かげ》りがちらりと文史郎の目の前を過った。

文史郎は思わず目を瞑り、湯に目のあたりまで潜った。

「まあ、いい湯加減ですこと」

花奴は笑みを浮かべ、たおやかな動作で、湯に軀を沈めた。

「さ、さきほどの話の続きだが」

文史郎は話の接ぎ穂を探しながらいった。

「はい」

花奴は流し目で無粋な御方と、文史郎を睨んだ。

「つまりだ。どうして、その御大名はおぬしにクロなんぞを預けたのかのう？」

「きっとわちきに悪い虫が寄りつかぬようにでしょう。クロはなかなか見知らぬ男に馴れぬようしつけてあると聞きました。でも、文史郎さまたちには、クロはすぐに懐きましたね」

「ほうどうしてかな？」

「きっと、いい人だからでしょう」

「そうかのう」

文史郎は満更《まんざら》でもない思いだった。

「おかしいんですよ。クロは飼い主の御殿様にも、実は懐かなかったんです。それで、御殿様は、自分にも懐かぬほどだから、番犬にいいとお思いになったみたい」

花奴はふふふと含み笑いをして、文史郎にそっと手を伸ばし、手を握った。花奴は文史郎の手を自分の乳房に触るようにあてた。

すべすべの、むっちりした肌だった。圧《お》すと撥ね返すような弾力がある。なだらかな丸み。乳首がぴんと立っている。

「…………」

花奴は吐息を洩らした。

文史郎は唾を飲み込んだ。

――そうそう、こんな感じだったなあ。

文史郎は天にも昇る心地だった。久しぶりに乳房の感触を味わった。

「おぬしの御殿様が羨ましいのう。こんな女子を侍らせることができて」

「…………」

「いいのか？　それがしとこのようなことをしていて」

「いいじゃありませんか。奥方が恐くて、滅多にお越しにならぬ野暮殿のことなど放っておきましょう」

花奴は文史郎にしなだれかかった。花奴の髪の匂いが文史郎の鼻腔をくすぐった。

文史郎は花奴の軀に手を回した。花奴の軀は肌がすべすべして、ふんわりと柔らかだった。文史郎はいつになく胸の動悸が高鳴るのを覚えた。

「……二階に床を敷いてあります」

花奴がそっと囁いた。文史郎は思わず、軀が硬直した。

「うむ。そろそろ上がろうかのう」

文史郎は頭がぼーっとしていた。あまり長く湯に浸かっていたせいで、湯中《あた》りしたように思った。

「……殿、殿」

爺の呼ぶ声がしたように思った。

「殿、いかがいたしました」

爺の声が次第に大きくなった。文史郎ははっとして花奴から手を離した。

「な、なんだ。爺」

「殿、緊急のご報告が」

脱衣場から爺の無粋な声が聞こえた。

よりによって、こんな大事なときに、緊急の報告もなにもあるまいて。

文史郎はぶつぶつと悪態をつきながら、湯船から出ようとした。

「爺、待て、いま上がる」

「あら、文史郎さま、あなたもお殿様なのですか?」

花奴が笑いながら、小首を傾げた。

「ま、殿といっても、元殿だ」

文史郎は頭がくらくらし、目眩《めまい》を覚えた。急いで湯船から出、洗い場に下りた。下りたとたんによろめいて、桶を蹴飛ばして、しゃがんだ。桶が転がる音がした。

「文史郎さま、大丈夫ですか」

花奴が慌てて立ち上がり、文史郎の腕を支えた。

「殿、大丈夫ですか」

脱衣場の戸がいったん、がらりと開いた。爺は花奴の裸体がすぐ目の前にあるのを見て、また急いで戸を閉じた。

文史郎は簀の子に逆さまに置いた桶に腰を下ろした。花奴は手桶に水桶の水を掬い、文史郎にいった。

「お殿様、御御足《おみあし》に水をかけますよ。すぐにのぼせが治りますから」

「ああ、頼む」

花奴は文史郎の両足に水をかけた。

文史郎は水をのぼせた頭にもかけてもらい、ようやく立ち眩《くら》みを治すことができた。

「爺、緊急の報告というのは、いったい何なんだ？」

もし、本当に緊急のことではなかったら、承知せんぞ、と文史郎は内心怒っていた。

「殿がお斬りになった二人の遺体が消えておりました」

「な、なんだと？　遺体が消えた？」

文史郎は脱衣場の戸を引き開けた。爺は慌てて文史郎の肩に浴衣を掛けた。

「はい。それで、番所の役人たちは、おぬしたちは夢でも見たのではないか、と信じてくれませんでした」

「血の跡や争った跡があったろうが」

「きれいに掃き清められているらしく、そうした跡も見当たらないとのこと。ともあれ、寺の境内は寺社奉行の管轄で、町方の番所の役人は手が出せませんが、死体がない以上は、事件にもならない、とのことです」

「…………」

文史郎は浴衣の帯を締めた。のぼせていた軀の火照《ほて》りも冷めていた。

「それはそれで、まあ面倒なことにならずに、よかったわけですが」

「爺、それがしの命を狙った者たち、只者ではないな。どこかの藩がからんでいる陰謀臭い」

「はい。さようで」

「しかし、いったい、どこがそれがしの命を狙うというのだ？　さっぱり心当たりがないがのう」

「ともかくも、このようなことをしている場合ではないか、と。はい」

爺はお風呂にじろりと目をやった。湯殿から、花奴の都都逸《どどいつ》を唄う鼻歌が聞こえた。

七

爺の話が終わると、大門はいつものように目を瞑り、腕組みをして考え込んだ。

――大門は本当に考えておるのかのう。

文史郎は内心、そう思ったが黙っていた。一度ならず大門は腕を組んで考えているかのような振りをしつつ居眠りをしていたことがあった。

「今回殿を襲った連中といい、夜に庭に忍び込んだ覗きの男といい、拙者をつけまわす連中といい、どうもおかしい」

「ほう。大門、何がおかしいというのだ？」

「やつらの狙いが何なのか、さっぱり見当がつかんだろう？」

爺がいった。

「依頼人の花奴がいっているように、クロを殺そうと狙っているのでは？」

文史郎は訝った。

「しかし、それがしを斬ろうとした輩《やから》は、犬ではなく、それがしの命が狙いといっておったぞ」

大門もうなずいた。

「それがしをつけ回す連中も、まるでクロには無関心のようだ」

「なぜ、そう思うのだ？」

「長屋に帰ったあとの非番の際にも、なにやらまとわりつく視線を感じたのだ。どうも、どこからか見張られている気配がする」

爺は頭を振った。

「庭に忍び込んだ男は、クロの命を狙うというよりも覗きが目的のようだったしのう」

襖が静かに開き、由比が盆に載せた湯飲みを運んで来た。

「お姉様から、粗茶でございますが、召し上がってくださいと」

文史郎は結論を出すようにいった。

「仕方がない。しばらくは、三人でここへ詰めて、様子を見よう。それがしも調べてみたいことがある」

「賛成。そうしよう。誰かさんに抜け駆けをさせないためにも、それが一番だろうて」

大門が不審の目を文史郎に向けた。爺も大きくうなずいた。

「たしかに」

二階から三味線の音に合わせて小唄が響いてきた。花奴が稽古をしているのだ。

庭では鎖に繋がれたクロが、夕方の散歩の催促をして吠え出した。

八

貞吉は、さすが深川で花奴と一、二を競う芸者だけあって、柳腰のきゃしゃな軀をしたいい女であった。

花に例えれば花奴が、真赤な牡丹の花とすれば、貞吉は名前こそ男風だが、たおやかな白百合の花だった。その百合は見かけに似合わず、濃厚な強い芳香をあたりに放っているところでも、貞吉は似ている。

「そうでございますか。花奴さんが、あちきがあん人に振られた腹いせに、あん人が花奴さんに贈られたお犬様を誰かに殺させようとしている、と勘繰られているっておっしゃっているのですかい」

黒羽織姿の貞吉は、長火鉢の向こう側で膝を崩して座り、煙管を銜《くわ》え、莨を燻《くゆ》らせていた。やがて冷ややかな笑みを浮かべて、文史郎をじっと燃えるような瞳で見つめた。

「うむ。違うかな？」

「とんだお門違いでございましょう。あちきも、この深川の水場で育ち、意地と張りを通して生きてきた女でございます。男の一人や二人、たとえ惚れた晴れたになった仲であった相手にせよ、あちきは深くは追いません。あちきの身上《しんじよう》は、去るものは追わず、来るものは拒まずでございます」

「うむ」

「ほかの女に走った男をいつまでも思うほど、あちきはやわな女ではござんせん。まして、たとえ、あん人の愛犬とはいえ、犬にはなんの意趣《いしゆ》もありません。その犬の命を狙わせるなど、あちきはあいにく、そんな無益な殺生をする女でありません。馬鹿にしなさんな、と花奴さんにはお伝えください」

貞吉は怒りを莨の煙にして、天井にふーっと吹き上げた。

文史郎は爺と顔を見合わせた。

「それを聞いて、それがしは安心した。さすが貞吉さんだ。辰巳芸者の気風《きっぷ》の良さを見せていただき、感服しておる」

「……下手な御世辞はやめておくれでないか。可笑しくって片腹が痛いわ」

「実は、こうして貞吉さんをお訪ねしているのは、それがしが、昨日待ち伏せされ、どこかの家中の刺客三人に襲われたことがあってのう。危うく命を落とすところだったのだ」

「あら、災難でございましたねえ。それが犬とどういう関係が?」

「分からないので、こうして話を聞いて歩いている。花奴は教えてくれないのだが、あの犬を花奴に預けた御仁は、どこの藩の大名なのかのう。教えてくれんか」

「花奴さんがいわないことを、あちきが話すとお思いか?」

「いや。そうは思わないが、貞吉さんなら、それがしの命を狙う輩について、知っていれば教えてくれると信じておったのだ。花奴は、あん人を信じすぎ、御家中にそれがしを狙うような家臣はいない、その理由もない、というておるのでのう」

「……たしかに、花奴さんのいうことに間違いありません。水戸のあん人の女好きは天下に知れ渡っていること。英雄色を好むを地で行っておられる御方ですからな」

「水戸のあん人？」

「あら、あちきも口が軽い。あん人には、正妻、側室だけでなく、この江戸でも妾が十数人はおりましょう。それだけにお子様も多いとのこと。いくら深川の芸者と遊んだとして、それを家臣がどうの、ということは考えられないことです」

「よく分かった。かたじけない」

文史郎は内心考えた。

貞吉がいう「水戸のあん人」とは、府内でも、勢力絶倫の士として、いろいろ噂が高い斉昭《なりあき》公のことか。

「そんなことより、文史郎様、今夜、あちきを座敷に呼んでおくれでないか。あんさんもなかなか美男の、いい男ではないか。花奴さんなんかには、もったいない。どうですかいのう」

貞吉は濡れた目でじっと文史郎を見つめた。貞吉の艶っぽい流し目に、文史郎は背筋の毛が逆立つのを覚えた。

「殿、鼻の下が伸びておりますぞ」

脇から爺が肘で文史郎の脇腹を突いた。

九

昼寝の最中だった。

「殿！　捕まえましたぞ！」

控えの間で昼寝をしていた文史郎は、爺の叫び声に、がばっと跳ね起きた。

「爺、どこにいる？」

「外、外です」

庭の外の板塀の向こうから、爺の声が聞こえる。クロの姿はなかった。

クロは大門に連れられて、午後の散歩に出かけている。まだしばらくは戻らない。

文史郎は刀を手に玄関に駆けつけた。玄関先では由比が箒を手に、何事が起こったのか、とおろおろしていた。

「由比どの、花奴はどこに？」

「お風呂に入っております」

「よし。用心めされよ、と伝えよ。おぬしも、何かあったら、大声でそれがしを呼べ」

「はい。お殿さま」

由比は気丈にも元気な声で返事をした。

「よし。いい子だ」

文史郎は脱兎のごとく玄関を飛び出した。

板塀の角を曲がり、塀に沿って裏手に伸びる小路に走り込んだ。

板塀に梯子が掛けてあった。

梯子の下で、爺と若い男の揉み合う姿が見えた。

「爺、そいつを取り押さえておけ。逃がすな」

文史郎は全速力で爺の傍に駆けつけた。

揉み合いは終わり、若い男がおいおいと声を上げて泣いていた。爺は若者を慰め、励ましていた。

「爺、どうしたというのだ?」

「どうしたも、こうしたもないんです」

爺は笑みを浮かべながら、頭をぼりぼりと掻いた。

「そいつは?」

「とんだ間違いでした。この男、覗きに入ったわけでもないらしいのです」

「なんだって?」

文史郎は何のことか分からず、きょとんとしていた。

そのとき、箒を手に小路に入って来た由比が叫ぶようにいった。

「あら、与太郎《よたろう》さんじゃないの」

十

「とんだお騒がせをいたしまして、申し訳ございません」

与太郎は平身低頭、花奴や文史郎、左衛門に頭を下げて謝った。与太郎といっしょに、傍らの由比も頭を下げている。

与太郎は気が弱そうな、実直そうな青年だった。恐縮して、細い身をますます小さくしている。

与太郎は千住《せんじゅ》住まいの簪《かんざし》職人のまだ見習いで修業中の十七歳。由比とは幼馴染みの恋仲だった。

由比は親の都合で、深川の芸者見習いに送り込まれ、与太郎とは無理矢理別れさせられていた。

与太郎は親方や兄弟子《でし》たちが作った簪を、深川の芸者やお店へ売りに来る度に、恋しい由比を探し回った。そして、やっと花奴の許にいる由比を見つけたのだ。

だが、由比に逢いたいと思っても、いつも番犬のクロに吠えられて邪魔をされ、由比に逢うこともできない。

「それで、思い余って、あの可愛いクロを殺そうとしたというのか？」

大門は怒ったような顔で訊いた。

「とんでもねえ。そんなことは考えたこともありやせん。反対にクロと仲良しになりたくて」

「だが、おぬし、毒饅頭を庭に放り込んで、クロに食わそうとしたというではないか？」

文史郎が訊いた。

「とんでもねえ。たしかに肉饅頭をあげて手懐けようとしやしたが、毒入りではねえっす」

「与太郎さんは、犬や猫が大好きで、そんなことをする人ではないんです」

由比が必死に与太郎を弁護した。

花奴が優しく与太郎に謝った。

「御免なさいね。わたしがとんだ早とちりをしてしまい、庭の犬小屋の前に饅頭が置いてあったので、てっきり毒入りだと思って、婆やに捨てさせたのよ」

「謝っていただけるなんて、とんでもねえ。あっしが無断で庭に入り、クロを手懐けようと、饅頭や魚や骨を持ち込んだのがいけねえんです。許してください」

「あら、魚や骨まで持ち込んだの？　そんなの見当たらなかったわねえ。寅婆さん」

「はいはい。クロは魚や骨は大好物だから、食べてしまったんでしょう。けど饅頭なんかはあまり好きじゃないみたいでしたよ」

婆やは笑って答えた。

「梯子を掛けて忍び込もうとしたろう？」

「へえ。玄関も木戸も閉まっていて、どうしても開きそうもないんで、思い余って、梯子を使い、庭から由比を呼ぼうとしたんです。由比が風呂焚きをしていると思って。まさか、昼間、花奴さんが風呂に入るとは思わず、忍び込んだので、覗きに間違われてしまったんでしょう。あっしが用だったのは、由比の方で、決して花奴さんの裸を覗きに忍び込んだのではないんです」

「あ、そう。ちょっと傷つくわねえ」

花奴はつんと鼻を上げていった。

「すいません。そんなつもりでは……」

「御免なさい。お姉様」

「冗談冗談。あんまり、この与太郎さんが由比ちゃんにばかり逢いたがっているから、ちょっとからかってみただけよ」

花奴は爽やかな笑みを顔に浮かべた。

文史郎は与太郎に向かって真顔でいった。

「つかぬことを訊くが、おぬし、わしらがこの家に張り付くようになり、侍たちにわしらを襲うように頼みはしなかったろうな」

「はあ？」

与太郎は目をぱちくりさせて、由比と顔を見合わせた。

文史郎はすぐさま愚問だと悟った。

「ははは、冗談冗談。おぬしのような簪職人の見習いが、侍にそのようなことを頼める立場ではないな。忘れてくれ」

爺が呆れた顔で文史郎を見た。

「殿は、なにをおっしゃるのか、と思うておりましたぞ」

「うむ。だが、爺、そうすると、それがしを襲った侍たちは何者だというのだ？」

文史郎は首を捻った。大門もうなずいた。

「そうそう。わしを付け回す影のような連中も、何者だというのか？」

文史郎は大門と顔を見合わせ、あらためて深まる疑問に首を傾げた。

第四話　戻り橋

一

夜四ツ半（午後十一時）を回っていた。川面に舳先の提灯の明かりが映って揺れている。

どこかの町で、犬が満月に向かって、長々と遠吠えをしていた。あちらこちらから、呼応して犬が吠えている。

「へい、着きやした。お疲れさまです」

「おう、船頭、ご苦労であったな」

「どうぞ、お足許にお気を付けて」

「うむうむ」

文史郎、大門、左衛門の三人はほろ酔い加減で舟を降り、アサリ河岸の船着き場を上がった。

爺は、呉服屋清藤の紋が入ったぶら提灯を掲げて、文史郎や大門の足許を照らした。提灯を使わずとも、月明りで道はよく見える。

文史郎は料亭を出ての帰り際、花奴が耳元でそっと囁いた文句を思い出していた。

「文史郎さま、今度は泊まりがけでお出でくださいね。お一人で……」

耳朶に吹きかけた花奴の甘い息が、まだ耳のあたりに残っていた。思い出すだけで、背筋がぞくぞくしてくる。

「殿、何を思い出し笑いをなさっているのです？　蹴躓《けつまず》きますよ」

爺が提灯を文史郎の目の前に掲げていった。

「なに、いろいろ思うことがあってのう」

文史郎は、爺に考えていることを鋭く見透かされた思いがして首をすくめた。

——最近、爺は富に第六感を働かせるようになっている。まるで、奥の萩の方のようではないか。

「殿、まさか、花奴に甘い言葉でもいわれて、知らぬ間に鼻毛でも抜かれたのではありませぬか？」

「そんなことはないぞ」

文史郎は慌てて鼻に手をやりかけ、はっとして止めた。

「そうら、やっぱり。のう、大門どの」

爺は大門の顔に提灯をぶらさげた。

大門も目をとろんとさせて、ぼんやりと天空に架かった満月を眺めている。心ここにあらずの風情だった。

「あらら。どうやら大門どのも鼻毛を抜かれておりますな」

「はあ？　何かいいましたかな？」

大門は文史郎と爺に向いた。

「大門、おぬしに侍《はべ》った芸者も、かわゆい女子《おなご》だったよのう」

「いや、あれなど月とすっぽんも違う。花奴はいい。ありゃ絶世の傾城《けいせい》だ。わしゃぞっこん惚れた」

「ちょっと待て。花奴は拙者についた芸者じゃぞ。おぬしは別の芸者に……」

文史郎は心外だった。大門はいう。

「殿、いくら殿とはいえ、こと女子に関しては、公明正大に行きましょうぞ。女子の意思というものを尊重せねばなりますまい」

「うむ。で、花奴は、おぬしに何かいうたのか？」

「もちろん。忘れ難きは、宴たけなわに、我に囁きし、花奴の言葉ですな」

「それがしが厠へ立ったときのことだな」

「花奴いわく。あなた、今度いらっしゃるときは、お一人でね。お泊まりも覚悟なさってよ、といって膝を指できゅっと抓《つね》る。その痛いのなんの」

「大門、その花奴の文句、それがしも囁かれたぞ。そうか、おぬしも同じ文句をいわれたか」

「なんだ。そうでしたか。殿もお聞きだったのか」

大門はがっかりした声で肩を落とした。爺はくすくす笑いながらいった。

「それ見たことか。実は、爺も花奴からいわれましたよ。同じような文句を。芸者の手練手管《てれんてくだ》を存知ている、それがしだからこそ、そのような文句を聞いても泰然自若として動ぜず、平常心でおられるのです」

「なんだなんだ。そうだったのか。爺もいわれたとはのう。さすが、花奴だのう。人を遇するに、決して一人だけを贔屓にしない」

――せめて、花奴が自分にだけ、誘いの文句をいってくれていたら、明日にでも深川に出かけておったのに。

文史郎は溜め息をついた。

大門も、同じ思いだったのか、文史郎とほとんど同時に溜め息をついた。爺がうれしそうに笑った。

「爺、人の不幸を笑うと天罰が下るぞ」

「はいはい、殿」

三人は安兵衛長屋の木戸の前にさしかかった。木戸番小屋の明かりは消え、木戸は閉じられ、長屋は寝静まっている。

通用口の戸を開けて、文史郎たちは次々に中に身を滑らせて入った。

文史郎は爺と大門を従えるようにして、長屋の小路に入り、部屋の前に立った。

そのとき、小路の奥から一つの人影が無言で走ってくるのが、月明りの中に見えた。

文史郎は咄嗟に大刀の柄《つか》に手をかけた。左手の親指で刀の鯉口を押し上げた。

「なにやつ」

文史郎は影に向き直った。

人影は走り寄ると、小路の地べたにぺたりと平伏した。

「殿、殿、それがしは、大塚右近《おおつかうこん》めにございまする。お久しうございます」

「な、なに、大塚右近だと」

爺も驚いて、ぶら提灯を坐り込んだ人影に突き出した。

ぶら提灯の明かりに貧相な顔立ちの浪人が照らし出された。

月代はしばらく剃りが入っておらぬ様子で髪が伸び放題。細面の頬や顎にびっしりと不精髭が生えていた。

おぼろな月明りなので、着ている衣装までは詳細には分からなかったが、汗と埃の臭いがしており、昼間見たら、乞食侍とも見られかねないだろう。

「殿、お懐《なつ》かしい」

大塚右近は腕を目にあて、おいおいと声を上げて泣き出した。

「待て待て。そんなところで、夜中に泣き声を上げては、他人《ひと》迷惑だ。まずは、家に入れ」

文史郎は油障子戸をがたぴしいわせながら引き開け、大塚右近の首根っ子を摑んで土間に引き摺り込んだ。

爺がすぐに火打ち石で行灯に火を灯した。ほんのりとした淡い明かりに部屋が浮かんだ。

一目、部屋の様子を見た右近は、また泣きじゃくった。

「なんと、おいたわしい。殿、よくぞ、このような狭くて汚い部屋に我慢されて、お住まいになられていることか」

大門が呆れた顔で右近を眺めていた。

「殿、なんだ、こいつは？　他人の家に入って来たと思うたら、狭いの汚いのと。悪うござんしたね。わしら長屋住まいは、こんなものなんだ。それを突然に……」

「まあまあ、大門どの、この男、那須川藩の者で、もとはといえば、近習組として、殿の身の周りを司《つかさど》った男だ。江戸暮らしをあまり知らぬのだ。許されよ」

爺が大門を宥《なだ》めた。

「右近、突然に、いったい、どうしたというのだ？」

「お世継ぎの御養子の若様が急病になられ、突然に逝去《せいきょ》なされました」

「な、なんと。若が亡くなったと申すのか？」

文史郎は愕然とした。

心地よい酔いが、いっぺんに吹き飛んでしまった。

爺が真顔で文史郎を見た。

「殿、もしや、そのことと、殿が刺客に襲われたことと関係があるのでは……」

「うむ。かもしれぬ」

文史郎こと若月丹波守清胤が、萩の方と家老たちの画策で、気の病を理由に若隠居させられ、他家から持参金付きの急養子雅胤《まさつぐ》を迎えて、跡継ぎとしてから、およそ二年になろうとしていた。

文史郎が松平家から萩の方の婿養子として那須川藩に迎えられたところまではよかったのだが、不幸にして萩の方との間に嗣子《しし》ができなかったのが、そもそもの事の始まりだった。

文史郎がいかに萩の方と子作りに励んでも、いかんせん、子ができない。萩の方や重臣たちから、婿殿の文史郎に子種がないからだ、という噂を立てられ、文史郎は側女の何人かに手をつけた。

その結果、愛妾由美との間に男の子武之臣、同じく愛妾如月との間に女の子弥生を授かり、文史郎に子種がないわけではない、ということを証明することができた。

だが、そのことが、萩の方の心を著しく傷つけてしまった。激怒した萩の方は側女の由美と如月を即刻城下がり、屋敷下がりにし、以後若月家とは縁なき者として、わずかばかりの慰謝料を付けて追放してしまった。

いくら婿養子文史郎の子ができようと、若月家直系である萩の方の血統ではない、というのが重臣家老の考えだった。

そのため、文史郎は婿の務めとして、萩の方とせっせと子作りに励んだものの、天に見放されたか、あるいは運が悪いのか、どうしても嗣子に恵まれなかった。

文史郎は正室萩の方を憎からず思っていたのだが、どうも二人の相性が悪かったとしかいいようがない。

このまま行くと、正式なお世継ぎがいないことになる。嗣子がいないのは、家系断絶、即那須川藩お取り潰しの理由となり、小藩なれど藩士たち一族郎党、その家族はみな路頭に迷うことになる。

そこで、藩を二分する対立が藩内に生じることになった。

すなわち、藩主急病に付き、他家から急養子を取るという急養子縁組派。

これには裏があった。藩財政困難な折、多額な持参金付き養子を取って赤字補填を行なおう、という魂胆見え見えの家老たちの思惑である。

そもそも文史郎が松平家から五千両もの持参金付き養子として若月家に来たのが悪《あ》しき前例となったのだ。これで味をしめた重臣家老たちが、夢よ、もう一度というわけである。

この急養子縁組派に対抗したのが、養子など取らずに、文史郎の側女の子二人を正式な嫡子とし、城に呼び戻そう、という正統派であった。

この際、何が「正統」で、何が「異端」であるのかは問わない。正統派は、世継ぎの論理として、たとえ正室の子ではなく、若月家の血統ではないにしても、殿の文史郎の実子がちゃんといるのだから、その子を嗣子として迎えるのが正統だと主張したのだった。

だが、重臣家老は計算高かった。

同じ若月家の血統が途絶えることなら、持参金付き養子に継いでもらった方が、藩財政にとっては有益である、自分たちの懐も豊かになる、というのが急養子縁組派である。

この急養子縁組派が要路《ようろ》の大多数を占め、文史郎の子を立てようとする正統派はごく少数派だった。

だが、ごく少数派でも、多数派が容易に無視できなかったのは、文史郎の生家である松平家の存在だった。信州松平家は徳川家の枝族で、代々、幕府の要職に就いている。

たとえば、文史郎の兄は幕府の大目付という要職にあり、全国の藩や大名に睨みを利かせている。

那須川藩としては、そうした松平家から迎えた婿養子の文史郎を、そう無下《むげ》にはできない事情があった。

幕府に急養子を取ることを承認してもらわねばならない。下手《へた》に文史郎をないがしろにして、生家の松平家を怒らせ、大目付が若月家の急養子は罷《まか》りならぬとなったら、すべて水の泡である。

そこで多数派の急養子縁組派が味方に引き入れたのが、正室の萩の方だった。

若月家直系の姫として誇り高い萩の方は、文史郎の側女の子の復活は許し難いことだった。

多数派は、萩の方の女心をうまく突き、さらに鼻薬《はなぐすり》を嗅がせて、萩の方を味方に取り込んだ。萩の方さえ取り込めば、奥の局《つぼね》や奥女中たちは、すべて味方につけることができる。

かくして、多数派は勝ち、迎えられたのが、備後《びんご》の青山家の五男坊で部屋住みだった、元服し立ての雅胤《まさつぐ》（十四歳）であった。

雅胤はお坊ちゃんで、少しばかり頭が弱いのと病弱なのが難点ではあったが、重臣家老たちには逆に扱い易しと思ったらしい。なによりも持参金七千両が魅力だった。

こうして、文史郎は多数派の急養子縁組派と萩の方の連合軍により、下屋敷に押し込められ、若隠居とされてしまったのだ。

文史郎が、その軟禁状態にあった下屋敷から逐電《ちくでん》し、藩主脱藩の身になって、早半年が経っていた。

文史郎は右近に尋ねた。

「若はいつ死んだのか？」

「およそ二月ほど前になります」

文史郎は爺と顔を見合わせた。

「いったい、何の病だ？」

「病弱であられたところに、突然、コロリに罹《かか》って」

コロリとは伝染病のコレラのことである。コレラに罹るとコロリと死んでしまうことから、コレラとコロリを掛けて、そう呼ばれたのだった。

「毒殺とかの謀殺ではなかったのか？」

「はい。それは信用できる蘭医の診断ですから、間違いないでしょう」

「そうか。それにしても急養子の雅胤はほんに運が悪いのう。で、葬儀は終わったのだろうな？」

「内々に密葬だけを執り行ないました。まだ雅胤様の逝去は、幕府に届けてありませぬ。藩内でも、正式に発表しておりませんので、藩士も領民もまだ知りません。若殿のご逝去を知っているのは、重臣家老たちごく一部の者だけです」

「では、次のお世継ぎをどうするかで、藩の要路たちは、さぞ揉めておろうな」

「はい。そのことで、それがしは、中老の橘《たちばな》殿から密命を受け、大殿様をお捜ししておったのです。大殿は下屋敷から出奔《しゅっぽん》し、どちらへお逃げになられたのか、お捜しするのはたいへんでした」

「余を捜しに来たというのか？」

文史郎は、いつの間にか、殿様風に自分のことを「余」といっているのに気づき、気恥ずかしい感じに襲われた。

「どうやって、余を、いや、それがしを見つけることができたのだ？」

右近は懐から四つ折にした半紙を取り出して拡げた。大門が身を乗り出した。

「おう。わしが描いた千佳姫の手配書ではないか」

「さようでござったか。偶然に通りを歩いていたときに、この手配書を見て、安兵衛店の殿様とあったので、もしや、と思い、藁をも摑む思いで裏店を訪ねたのです。そうしたら、長屋の住人から、殿の本名である文史郎様と傳役の左衛門様と聞き、これは間違いない、とお待ちしていた次第です」

「ほほう。意外なことで、わしの絵が役に立ったようだな」

大門は満更でもない顔付きで顎の髭を撫でた。

「どうか殿におかれましては、藩邸にお戻りいただけないか、とお願いにあがった次第です」

「なぜだ？ それがしは、元藩主ながら、いまは脱藩の身。那須川藩には無縁な男だ。いまさら、戻れといわれても戻れない」

「殿、そんな悠長なことをいっている場合ではありませぬ。殿でなければ、とても藩はまとまりませぬ。万が一、雅胤様のご逝去が幕府に知られれば、下手をすれば藩はお取り潰しになりかねない」

右近はぐすっと鼻を啜った。お腹がぎゅうという音を立てた。

「おぬし、腹が減っているのか？」

「情けないことに、路銀が一文もなくなり、昨日から水だけで何も食べておりませぬ」

「爺、何か温かいものでも出してやれぬか」

「すぐに、お粥でも作りましょう」

爺は台所へ急ぎ、粥の用意を始めた。

「左衛門殿、申し訳ござらぬ」

右近は爺に頭を下げた。

「右近、遠慮はするな。昔の誼《よし》みだ」

爺は団扇《うちわ》を扇いで竈の炭火を熾《おこ》している。

「おい、右近とやら、とりあえず、これでも口にしておけ」

大門が懐から小さな紙包みを取り出し、右近の前に差し出した。料亭で出された茶菓子の最中《もなか》だった。

「かたじけない。いただきます」

右近は震える手で紙包みを押し戴き、最中にぱくついた。ろくに嚙まずに呑み込もうとし、喉につかえて目を白黒させていた。

「焦るな」

文史郎は右近の背中を叩いた。右近はごくりと音を立てて最中を呑み込んだ。

「み、水を……所望いたしたい」

「世話の焼けるやつだな」

大門は台所に行き、水瓶からひしゃくで水を汲み上げ、右近に回した。右近は胸をとんとんと叩きながら、ひしゃくの水をあおるように飲み干した。

「つれないことをいうようだが、いまのそれがしにとっては、藩が取り潰されようと、改易《かいえき》になろうと関係ないことだが」

「お由美殿や武之臣様のお命が危のうございます」

「なに？　由美や武之臣は、藩とは関係ないではないか」

「そればかりか、在所におられる如月殿や弥生様のお命も狙われております」

文史郎は、胸騒ぎを覚えた。

「一月《ひとつき》ほど前になる。それがしは突然、浪人者の刺客に襲われた。浪人は懐に三両を持っていた。おそらく、それがしを襲えと金で雇われたのだろう」

「…………」右近は口をへの字に結んだ。

「ついで昨日、今度は三人の侍に襲われた。三人ともきちんとした身なりの侍だった」

「その侍たちに見覚えはございませぬか？」

「ない。だが、どこかの家中の侍だ。二人を斬ったが、一人には逃げられた。ところが、斬ったはずの二人の遺体は、町方役人が行く前に忽然と消えた。同じ家中の者が、どこの藩か分からないように、遺体を引き取ったのだろう」

「きっと、それは城代家老派の仕業でございます」

「藩内の事情を聞かせてくれ。いったい、どうなっておるのだ？」

文史郎は右近に詰め寄った。

二

右近はどんぶりの粥を立て続けに三杯、箸で掻き込むようにして平らげた。ふーっと溜め息をつき、口の周りについたご飯や汁を着物の袖で拭った。

右近は最後に梅干しの種を吐き出し、小さくげっぷをした。

「ご馳走さまでした。やっと人心地が着きました。かたじけない。どこまで、お話ししましたかね」

「大森泰然《おおもりたいぜん》を中心とする城代家老派と、中老橘 竜之介《りゅうのすけ》ら反城代家老派の暗闘が展開されているというところまでだ」

文史郎は腕組みをしていった。

爺が黙って急須の茶を右近のどんぶりに注いだ。

「かたじけない」右近は礼をいい、茶をゆっくりと啜った。

「城代家老の大森泰然は、急養子の雅胤様の急死を受けて、また再び急養子を取るのは幕府も容易には認めないだろうと考え、今度は萩の方様の再婚を目論《もくろ》んだのです」

「なんと、奥の再婚を？　それがしと離婚もせずにか？」

「はい」

「どうやって?」

「方法は一つ。殿に死んでいただくということです」

「なるほど」

文史郎は爺と顔を見合わせた。爺はさもありなんとうなずいた。

「殿が亡くなれば、萩の方様は再度婿養子を取り、大森泰然は、その婿養子に若月家を継がせるつもりです。城代家老の大森泰然と、その一派は、そのために殿を密かに葬り去ろうと刺客を送り出したのです」

「けしからん。奥も、その大森泰然の目論見に与《くみ》したというのか。そこまでしなくても、余にいってくれれば離縁してやるのにのう」

「しかし、殿は、そうお考えでも、そうは簡単にはいかぬのです」

「そうかの?」

「もし、殿が萩の方様を離縁すれば、殿は隠居をやめ、藩主に復活せねばならないでしょう。藩主不在では、幕府も容認できませぬからな。一方の萩の方様は離縁され、奥方の座を追われて、ただの姫に戻るだけ。それでは、萩の方様が婿養子を取っても意味はない。ですから、若隠居の文史郎様を亡きものにするしか方法はないのです」

「なるほど。そういうことか。困ったことになったのう。それがしは、そんなことのために死にたくないしのう」

文史郎は腕組みをし、中空を睨んだ。

「そこで、中老の橘竜之介様は、殿の再擁立を主張されたのです。若隠居になっている殿に、もう一度藩主に復帰していただき、由美様や如月様にも側室として戻っていただき、武之臣様や弥生様を正式の若君、姫として遇しようというのです」

「一度、城下がりをさせた親子を戻せというのか」

「はい。とりわけ、武之臣様は男の子ですから、お世継ぎとして城にお戻りいただきたい。弥生様は、万が一武之臣様に何かあった場合、婿養子を取っていただく姫として城に上がってほしい、という考えでございます」

「しかし、武之臣も弥生も、それがしの子ではあるが、若月家の血統ではないぞ」

「たしかに若月家の血統は途絶えますが、藩は存続いたします。以後の藩主は殿の血統となりますが……」

「つまり、若月家は名前だけになり、血統は信濃松平家になるというわけだな？」

「さようで」右近はしたり顔でうなずいた。

「それでは萩の方もうなずけまいて」

「たしかに。大森泰然ら城代家老派も、若月家の血統を守れ、と反対しております。しかし、あくまで血腥《ちなまぐさ》い抗争を避け、お世継ぎ問題を平和裏に納めるには、この方法しかない、というのが橘竜之介様たち反城代家老派の主張なのです」

「ううむ」

「そこで、あろうことか城代家老派は、密かに殿や由美様武之臣様、さらには如月様弥生様を捜し出し、お命を頂戴するよう命令を出したらしいのです。そのため、在所から何人もの腕利きが刺客として江戸へ来ているはず」

「愚かなことを」

文史郎は不機嫌に唸った。

「中老の橘竜之介様は、それがしたちに、彼らよりも先に、殿や由美様、如月様たちを捜し出して、お守りするよう密命を出したのです」

「そういうことだったのか」

「旧近習組、旧馬廻り組のそれがしたち若手の多くは、殿のお帰りをお待ちしております。殿の再擁立派です。なにとぞ、藩のため、われら反城代家老派のため、屋敷にお戻り願えませんでしょうか。われら橘竜之介様を頭領とする反城代家老派は一丸となって、殿や側室御子の方々をお守りいたすつもりです」

右近は畳に額を擦り付けるようにして、平伏した。

「話は分かった。右近、よく知らせてくれた。だが、藩に戻るか否かは別だ。しかし、お由美母子や如月母子の身が危ないとなると放ってもおけん。右近、おぬしらは由美や如月がどこにいるのか存知ておるのか？」

「それがしは存知ません。同志たちが手分けして、必死に捜しておるはず。それがしは、殿をお捜しする役目でしたのでほかのことは、残念ながら……」

文史郎は由美の懐かしい顔を思い浮かべた。

由美は那須川町の河岸問屋米穀商で、蔵元でもある豪商増田屋《ますだや》の娘だった。江戸上屋敷の奥に女中として詰めていたのを見初《みそ》めて、手をつけた娘だった。屋敷下がりになったあとは、実家にいったん戻ったはずだ。その後、江戸に来て、下町のどこかで暮らしているという噂を人伝《ひとづて》に聞いたことがある。

いまでも、目に涙を浮かべながら、赤子を抱いて、屋敷を出て行ったときの姿が目の奥に焼き付いている。

七年前のことになる。それ以来、由美と息子武之臣とは逢っていない。

文史郎は溜め息をついた。

如月も忘れがたい娘だった。

文史郎が馬を駆って村々を見回っていたとき、田圃で苗を植えている娘たちの中に、一際《ひときわ》輝くような如月を見つけた。

如月は在所の郷士の娘で、いつも白い歯を見せて笑う快活な娘だった。

如月は郷士の父に習い、馬に乗り、弓箭《きゆうせん》や剣の武芸にも通じていた。和歌を詠み、舞いも踊った。

如月は城に閉じ込もりがちだった文史郎をしばしば馬の遠出に誘い、那須の野原や森林を駆け巡った。

文史郎は如月といっしょにいると、いつもくつろぎ、時間が経つのを忘れた。日焼けした小麦色の肌と、しなやかな肢体の如月に、文史郎は心から惚れた。

文史郎は直々《じきじき》に両親に乞うて、半ば無理遣りに如月を城へ上げ、側女にした。だが如月が懐妊したとたん、萩の方に憎まれて、城下がりにされてしまった。

こちらは六年前のことになる。

その後、如月は密かに娘の弥生を連れて、弥生を見せに城へ来たことがある。だが、萩の方に見つかり、追い返された。文史郎はいまでも済まないと、心に痛みを覚える女だった。

文史郎は左衛門に顔を向けた。

「爺は由美や如月の居場所を存知ておるか？」

「いいえ。ですが、調べる伝《つて》はあります。明日にでも玉吉を増田屋の出店へ遣って、調べさせましょう」

「頼む」

文史郎は右近に向いた。

「さぞ、疲れたことだろう。今夜は、ゆっくりここで休んでくれ」

「ありがとうございます」

「とはいえ、狭いから、雑魚寝になるが」

「もったいない。それがしは、土間に寝ます」

右近は土間に目をやった。大門がぽんと右近の肩を叩いた。

「おぬし、よかったら、わしの家へ来い。ここと狭さや汚さは変わらぬが、ここで雑魚寝するよりは、ゆっくりと休める。殿に気遣いせずに眠れるぞ」

「はあ。しかし……」

右近はもじもじと躊躇した。

「大丈夫だ。わしは男を襲う趣味はない」

大門は大口を開いて笑った。文史郎は右近に命じるようにいった。

「右近、遠慮せずに大門の家に泊めてもらえ。それから、朝起きたら、一番に湯屋へ行って軀の汚れを洗い流して来い。臭いぞ。着物は爺に用意させておこう」

爺もうなずいた。

「申し訳ありません。では、お言葉に甘えまして」

右近は大門のあとについて、戸口から出て行った。

文史郎はぬるくなった茶を啜った。すっかり酔いは醒めてしまっていた。

爺は油障子戸に心張り棒を掛け、部屋に戻った。

「爺、どう思う?」

「何をでございますか?」

「それがしは戻るべきか、戻らざるべきか」

「…………」爺はすぐには答えずに、遠くを見る目付をした。

「殿は奥州街道の道筋にあって在所の那須川に架かっている古くて長い木橋があったのを覚えていますかな?」

「うむ。覚えておる。たしか地元では〝戻り橋〟という呼び名の橋だったかのう?」

「そう、〝戻り橋〟です。そのいわれを御存知で?」

「……聞いたような気はするが」

「ある貧しい村の娘が、生活を支えるために、江戸に働きに出されることになった。村を離れて江戸へ行くには、必ず、その橋を渡る。娘は橋の袂で、どうか故郷の村へ戻れますようにと祈って渡った。そう祈って渡ると、きっと戻って来ることができる。そういう言い伝えの橋です」

「ああ。覚えている。如月が……」

文史郎は如月が、その橋の袂に馬を止め、その話をしてくれたのを思い出した。

文史郎と如月は馬を降り、橋の袂で、それぞれに祈った。それから二人でゆっくりと渡った。

文史郎は江戸へ行っても、きっと在所の如月の許へ戻って来ることができるように、と心の中で祈った。

「如月は何を祈ったのか？」と聴くと、彼女は答えなかった。

橋の袂で祈った願いを人に話すと、その願い事は消えてしまうというのだった。

あのとき、如月は何を祈っていたのだろうか？

いまも文史郎は如月のことを思うと、そのときの祈る姿が目に浮かぶ。

「殿は、江戸へ戻るとき、あの戻り橋の袂で何かをお祈りされたはず」

「うむ」

「だったら、答は出ていましょうぞ」

爺は皺の多い顔をほころばせて笑った。

三

玉吉と爺が増田屋へ聞き込みに行き、長屋へ戻ってきたのは、まだ夕暮れにはだいぶ早い時刻だった。

「由美殿と武之臣様の居場所は分かりました」

玉吉は文史郎に告げた。

「よし、早速だが案内してくれ」

「へえ」

文史郎はアサリ河岸の船着き場に急ぎ、玉吉の猪牙舟に乗り込んだ。爺の連絡で、大門と大塚右近も、おっとり刀で舟に駆けつけ、乗り込んだ。

「おお、右近、見違えるような美男子になったではないか」

右近は月代を奇麗に剃り、着物も文史郎の着古しを着込んでいる。

「からかわないでください」

それでも右近は誉められて嬉しそうだった。

猪牙舟に大の大人が五人も乗り込んでいるので、いつになく船足は遅い。それでも掘割を行く間は、よかったが、大川に出たとたんに、向かい風の北風を受けて、さらに船足は鈍くなった。

文史郎たちはみな風に背を向け、軀を小さくしていた。

爺が文史郎に真剣な面持ちでいった。

「殿、由美殿と武之臣様の居場所は分かったのですが、すでに由美殿は他家に嫁入りしております」

「うむ。そうであろうな。当然だ」

文史郎は、とはいったものの、内心、寂しい思いになっていた。屋敷下がりをさせられて、出入り禁止を命じられ、さらに萩の方から文史郎とも逢うことはまかりならぬ、といわれては、あきらめるほかはないだろう。

文史郎も、萩の方をはばかって、一度も由美の許を訪ねることをしなかった。そんな文史郎を由美がいつまでも待つはずがない。

「相手の婿殿は？」

「両国広小路で繁盛している餅屋の若主人です」

「幸せにやっているのだろうな」

「それはもう。若主人との間に子供があらたに二人も生まれて」

「武之臣は元気かの？」

「武之臣様は、武《たけし》に名前を変え、いまはすっかり町人の子だとのことです」

「そうか」文史郎は深くうなずいた。

「増田屋の主人によると、いずれ、武は本家の増田屋で養子として引き取り、将来は増田屋を継がせようと考えているそうです」

武之臣は数え九つほどだろう。一、二歳のころのことなど、まったく覚えていないに違いない。まして、父親である文史郎のことなど覚えてはいまい。

「だから、増田屋の主人から、昔のことを蒸し返さずに、そっとしておいていただけないか、と懇請されました」

「そうだろうな。よう分かる」

「しかし、殿、藩の運命がかかっております。商家の親の話など……」

聞き耳を立てていた右近がいった。

「黙れ、右近。藩の都合で、せっかく幸せになった由美の家庭を壊すことはできん。それがしが許さん」

「しかし、殿……ぜひに」

「くどい。右近」

「では、なぜ、由美殿を訪ねようというのですか？」

「万が一のことを考えて、様子を見たいだけだ。無事ならよし、危なそうであったら、大門、おぬしに頼めるかの？」

「もちろんだ。拙者が由美殿一家を守ってしんぜよう。任せおけ」

大門は鍾馗様のような髭面を歪めて、胸をどんと叩いた。

大塚右近は不満そうだったが、黙って下を向いていた。

猪牙舟は波を切って走り、大川を遡った。やがて、両国橋の近くにある船着き場に着いた。

文史郎は真っ先に陸地に飛び移った。ついで爺、大門、右近と続き、最後に舟を舫《もや》いで繋いだ玉吉が上がった。

「こっちでさあ」

玉吉は先に立って歩く。

たちまち人通りの多い広小路に出た。玉吉は爺と何事かを話しながら、文史郎たちを案内し、大勢の通行人に混じって、両国橋を渡って行く。

橋の東西は火除けのための広場になっている。橋を渡った西側の広場は江戸一番の盛り場である。

広場では大道芸人が綱渡りや玉乗りの芸を披露したり、行商人が口上を言い募って蝦蟇《がま》の油を売ったりしている。大勢の見物人が取り囲み、時ならぬ祭りのようだった。

広場の周囲には、さまざまな物を売る商店が並んでいる。店先には買い物客が屯していた。

「あの両国名物の餅屋です」

玉吉が目の前の人だかりができた店先を目で指した。女子供が店先の縁台に座り、運ばれて来る餅に舌鼓を打っていた。

文史郎は目で店内を窺った。店先と奥とを足繁く往来する女たちを眺めた。

その中に、はっとするような奇麗な顔立ちの女がいた。手拭いを姉さん被りをしているが、横顔や笑い顔に見覚えがある。

「由美……」

文史郎は思わず叫びそうになったが、自分を抑《おさ》えた。いまは他家の嫁だ。

「どうします？　呼び出しましょうかの」

爺がいった。文史郎は頭を左右に振った。

「いや、やめておこう」

「殿、しかし、……」

「黙れ、右近」

文史郎は右近を手で制した。

「殿、違うんです。いるんです」

「誰が？」

「おそらく刺客かと」

「なに。どこに？」

「店先の左端の縁台に座って、餅を食っている三人の侍。藩道場の門弟たちです」

大塚右近は店に背を向け、指を三本立てた。

文史郎は顔を橋の方に向けながら、目の隅で店先を窺った。真っ正面から見れば、相手も視線を感じてしまう。

三人は旅装だった。足に脚絆《きゃはん》を着け、黒足袋にしっかりと草鞋《わらじ》を履いている。

三人がむっつりした顔で餅を食い、ちらちらと出入りする女たちを物色するように窺いながら茶を啜っている。

その三人の周りだけが、賑やかな店先にあって、人を寄せつけないような空気に包まれていて、妙に異様だった。

「左端から、田辺鶴之介《たなべかくのすけ》、鹿島大蔵《かしまだいぞう》、大盛栄之臣《おおもりえいのしん》。いずれも道場の名だたる高弟です」

「大門、どう思う？」

「やつら、やる気だ。機会を窺っているな」

「由美を殺《や》ろうというのか？」

文史郎は店内に目をやった。奥から、お盆に餅の皿を載せて運ぶ八、九歳の男の子が現れた。

一瞬、右端に座った大盛の腰が浮いた。隣の鹿島が手で大盛を押さえた。

文史郎は男の子の顔がお客に笑い、礼をいうのが見えた。かすかに記憶がある。

——武之臣！　我が子だ。

田辺たち刺客は、男の子に一斉に目をやった。凝視している。狙いは武之臣か。

「おのれ」

文史郎は動こうとした。大門が太い腕で文史郎を制した。

「わしなら、やつらは知らない。わしが先に行って、由美さんと武を守る。任せろ」

大門はそう言い置くと、懐手をして、大股で餅屋の店先に入って行った。

「右近、あの中で一番手強いのは田辺か？」

「はい。筆頭の田辺です。次が鹿島、大盛はそれがしと同じくらいです」

右近はそういって頭を掻いた。右近はあまり剣技は得意ではなさそうだった。

「爺、それがしが田辺を相手する。爺は鹿島を頼む。右近は大盛を押さえろ」

「…………」爺は無言でうなずいた。

「殿、わが同志も来ます」

右近が嬉しそうにいった。

「どこに？」

「いま、橋を渡って来ます。桜井と小島。いずれも剣の腕は立つ連中です」

右近は両国橋の上を指差した。昨夜の右近を思わせるような、汚れた旅姿の侍が二人、急ぎ足でやって来る。

「あれだあれだ、あの餅屋だ」

桜井と小島の二人は話している。

まずい、と文史郎は思った。

目立ちすぎだ。文史郎は右近に命じた。

「右近、あいつらを引き留めろ。店に来ぬようにしろ。邪魔だ」

「は、はい。しかし……」

右近は戸惑った顔をした。

「われらだけで十分。行くぞ」

文史郎は爺と二手に別れ、人混みを遠回りして店先に近づいた。静かに気配を忍ばせて進む。

田辺の背後に回り込み、さらに近づく。

案の定、田辺は橋の方で、右近が二人を止める様子に気づき、鹿島と大盛に何事かをいった。

文史郎は先に行った大門を探した。

大門は店に入り、何事か、由美に親しげに話しかけている。由美は笑っていた。

店の奥から盆を抱えた武が現れた。

田辺が右脇に置いた大刀に手をかけた。鹿島と大盛が大刀の鯉口を切った。

由美が武を呼んだ。武が笑いながら由美に駆け寄った。

大門がさりげなく由美と武の二人を庇うように、田辺たちに背を向けて立つ。

「………」

田辺が短く命令した。鹿島と大盛がさっと立ち、左右に分かれて、抜刀し由美たちに駆け寄ろうとした。

周囲に悲鳴が上がった。

大門の軀がくるりと向きを変えた。瞬間、大門は回りながら大刀を抜き、右手から進んで行った鹿島の胴を払った。

鹿島の軀が吹き飛んだ。

「安心せい。峰打ちだ」大門が怒鳴った。

ほとんど同時に人混みから爺が大盛に突進した。爺は老体とは思えぬ敏捷さで、大盛の手の大刀を手刀で叩き落とした。ついで足を掛け、大盛を投げ飛ばした。大盛は縁台に座って餅を食べている客たちに突っ込んで転がった。

悲鳴が起こり、客たちが逃げ惑った。

由美が武を抱きしめているのが見えた。大門は二人を背に庇った。

田辺は瞬時に事態を把握し、大刀を抜いて大門と爺に向かおうとした。

「待て、田辺。拙者が相手だ！」

文史郎は田辺に怒鳴った。田辺は驚いて文史郎に振り向いた。

文史郎を見た田辺の形相が変わった。

「殿、お命頂戴いたす」

田辺は大刀を上段に振りかざし、文史郎に突進した。文史郎は十分に待ち、田辺が大刀を振り下ろすのを見切った。

わずかに体《たい》を開き、田辺の大刀の切っ先を躱した。切っ先は文史郎の着物を擦って落ちた。

文史郎はすかさず前に半歩進み、相手の懐に飛び込んだ。田辺の水月《みぞおち》に当て身を叩き込んだ。

田辺の軀が文史郎にもたれかかった。文史郎は田辺の軀を抱え、その場に座らせた。

田辺は白目を剝いて気を失っていた。

「殿!」「殿、ご無事で」

右近と桜井、小島の三人が人波を掻き分けながら、駆けつけた。

周りの人々は何が起こったのか分からず、呆然として立ち竦《すく》んでいた。

四

「お殿様、お久しうございます」

由美は姉さん被りをしていた手拭いを取り、砂利の上に平伏した。傍らの武がきょとんとした顔で文史郎を見上げていた。

「武、さあ、ご挨拶なさい。あなたの……」

由美は途中でいうのをやめ、武の頭を下げさせようとした。

「やだ。おれ、やだ。知らん人に頭を下げるなって、爺ちゃんにいわれている」

「武、なんてことをいうの。この人は……」

「由美、よい。いわんでもいい」

文史郎は笑った。

——俺に似て、気が強い男の子だ。

「殿、申し訳ございませぬ」

由美は涙を目に溜めて頭を下げた。

「かあちゃん、なぜ、泣くのだ。この人、嫌いだ。かあちゃんを、なぜ泣かせる？」

「御免御免、由美、どうか手を上げてくれ。それがしは、もう殿ではないのだ」

「いえ、私めにとっては、殿はいつまでも殿でございます」

「由美、それがし、本当に申し訳なく思うておる。済まぬ。それがしを許してくれ」

文史郎は堰《せき》を切るように噴き出す由美への思いを抑えられずにいた。

「何をおっしゃいますか。殿は少しも悪くありませぬ。私が御側にいてあげられなくて、申し訳ない気持ちでいっぱいです」

店から若い主人が前掛けを外しながら、慌ただしく駆けて来た。

「お武家さま、うちの家内や息子をお助けいただき、ありがとうございました。どうして、私どものような者を、お侍が襲うのか、分かりませんが、ご迷惑をおかけしました。申し訳ありません」

「おぬしが、由美殿のご亭主か？」

文史郎は若い主人をまじまじと眺めた。

「さようでございます。餅屋福屋の亭主、佐助《きすけ》にございます」

佐助は細面の好男子だった。太くて濃い眉が意志の強さを示している。文史郎は佐助がいくぶん、自分に似ているように思い、妙な安堵感を覚えた。

「あなた、この方が、いつも申し上げていたお殿様ですよ」

「そうでございますか。その節は、うちの家内がお世話になったそうで、ありがとうございます」

「おぬしのような亭主で、それがしは安心した。どうか、末長く、由美殿と武坊をよろしくお願いいたしますぞ」

「はい。由美も武も、大事に大事にいたしますので、どうぞ、ご安心ください。な、おまえ」

「はい、あなた」

由美は佐助に大きくうなずいた。武は文史郎を不審な目で見ながら、佐助に抱きついた。

「とうちゃん、殿って誰?」

文史郎は立ち上がり、大門を紹介した。

「佐助殿、由美殿、この大門という男を、しばらく、用心棒として立ち寄らせよう。さきほどのような侍が襲わぬよう、大門がおぬしたちをお守りするので、安心されたい。大門、頼むぞ」

文史郎は大門にうなずいた。

「うむ。おまかせ」

大門もうなずき返した。

「では、失礼いたす。この者ども、引き取らせてもらうぞ」

文史郎は爺と右近たちに目配せした。爺は田辺の軀を手で突いた。

「さあ、歩け」

両腕を縛られ、数珠繋ぎにされた田辺たち三人はうなだれて歩き出した。

前後左右を右近や桜井、小島の二人が守るようについて歩く。

周囲を野次馬たちが取り囲んで、口喧しく騒ぎ立てていた。

文史郎は後ろを振り向かなかった。一度振り向けば、未練で涙がこぼれそうだったからだ。

橋を渡ると玉吉が迎えに来た。舟を二艘用意しました、と爺に告げた。

いくら悪いやつらとはいえ、大道を歩かせて、田辺たちをさらし者にするわけにはいかない。武士の情けである。

五

文史郎は田辺たちを後ろに従え、那須川藩の下屋敷の門を堂々と潜って入った。

「若隠居様がお戻りになられたぞ」

「ご隠居様が戻られたぞ」

門番たちの声に、屋敷の中は大騒ぎになった。

文史郎は右近たちに命じて、田辺たちの縛《いまし》めを解いた。田辺たちは面目を失い、玄関前に座り込んでしまった。

留守居役の坂崎亜門《さかざきあもん》が護衛の藩士たちを引き連れ、玄関先に出てきて、文史郎を見ると、その場に平伏した。

奥から側女のお里《さと》やお付きの奥女中たちが出て来て、文史郎の無事な姿を喜んだ。

「若隠居様、心配しておりました。いったい、どこへ雲隠れなさったのか。日夜、心配で心配で、ろくに食事も喉を通りませんでしたのよ」

お里は涙をこぼさんばかりに、文史郎を迎えた。

「ほう。それにしては、お里、まったく痩せておらぬのう。むしろ、少しふくよかになったように見えるぞ」

「まあ、憎たらしい。こんなにご心配申し上げておりましたのに、もう知りません」

お里はぷいっと横を向き、膨《ふく》れっ面をした。

「そう怒るな。ちとからかっただけだ」

文史郎は久しぶりに下屋敷に上がり、居間へ入った。お里が甲斐甲斐しく文史郎の世話をした。

爺と右近、さらには右近の同志である桜井、小島も、神妙な顔で文史郎について来て、居間の隅に並んで正座した。

慌ただしく、留守居役の坂崎亜門が現れ、文史郎に平伏して挨拶をした。

「若隠居様、お戻りになって早々、このようなことを申し上げるのは心苦しいのですが、恐れ多くも藩主雅胤様が上屋敷において、ご病気で伏せられており、長くは持たぬと藪医者どもが申しております。万が一、雅胤様の容体が悪化し、ご逝去あそばされた場合に備えて、要路一同、お世継ぎを誰にしようか、と大揉めに揉めております次第です。若隠居様におかれましては……」

「坂崎亜門、はっきり申せ。それがしは、雅胤はコロリで亡くなったと聞いたぞ」

「な、なんという……そのようなことは」

坂崎亜門は絶句した。顔が青くなったり、赤くなった。

「嘘を申すな。すべては大塚右近に聞いた」

「………」

「余は、この藩存亡の危機に際して、藩主に復帰することに心を決めた」

右近と二人の侍が思わず喝采の声を上げた。

「やはり、殿だ」「殿が復帰なさった」

文史郎はじろりと右近たちを見、静まらせた。

「この下屋敷は余の支配下に置くことにする。そこで留守居役坂崎亜門、余の問いに答えよ。もし、正直にいわねば、おぬしを右近たちに逮捕させ、即刻職を解く。いいな」

「は、はい」

「おぬしは大森泰然の城代家老派か、それとも橘竜之介の反城代家老派に与《くみ》するのか、どちらだ？」

「それがしは、どちらでもなく、中立にございますれば」

「どちらでもない、ということは、どちらにでも付くということだな」

坂崎は慌てて両手を振った。

「いや、滅相もない。それがしは、どちらの派にも与せず、殿に忠誠を誓います。なんなりとご指図を」

「それでいい。おぬしを信頼し、ひきつづき留守居役に任じよう。では、最初の命令として、屋敷の者全員に、余に従うようにいえ。従えない者は、直ちに屋敷下がりを命じる」

「ははあ」

坂崎亜門は平伏した。

「では、さきほどの田辺たち三人は、いかがな処分にいたしましょうか？」

「彼らは大森泰然城代家老派の命令で、それがしや、それがしの子を抹殺しようとしたのだろう。もし、反省して余の配下になるのであれば、ここに残るがいい。だが、あくまで大森泰然に忠誠を誓い、城代家老派でいるというのであれば、屋敷を出ていくように。処罰はしない」

お里がきょとんとした顔で訊いた。

「お殿様、それは私たち奥の者も適用されるのでございますか？」

「そうだ。奥の者には、お里、おぬしが伝えてほしい。例外はないぞ」

「まあ、若隠居様、いやお殿様、しばらくいない間に、なんと逞しくて男らしくなられたのでしょう」

お里はうっとりとした表情で、文史郎を見た。後ろに控えた姥《うば》たちも、以前とは見違えるように頼もしい、と囁きあっていた。

爺が浮かぬ顔で文史郎に膝を進め、そっと耳打ちした。

「殿、いったい、どうなすったのです。気でも触れたのですか？　これから何をなさるというのですか？」

「爺、心配するな。こうなったら、国元に乗り込み、直接、城代家老の大森泰然や中老の橘竜之介たちと談判し、両派の無用な争いをやめさせ、和解させて、お世継ぎ問題を解決する。どうやら、それがしが乗り出さずには、事は収まらぬようなのでな」

「しかし、殿、国元に入るのは、火の中に飛び込むようなもの、危険過ぎましょう」

「昔からいうではないか。虎穴《こけつ》に入らずんば虎児を得ずと」

「分かり申した。ならば、爺も最後まで殿にお供します」

「うむ、頼むぞ」

文史郎は大きくうなずいた。

「坂崎亜門、余は、これより、国元へ帰る。馬を用意してくれ。強くて早い馬だ」

「分かりました。直ちに厩番《うまやばん》に申しつけまする」

右近が膝を進めた。

「殿、それがしも、お供させてください。それがしは中老橘様に報告せねばなりませぬ。ぜひともお願いいたします」

「うむ、坂崎亜門、右近にも一頭用意せよ」

「はは。御意のままに」

坂崎亜門は後退りし、居間を出て行った。

「ところで、お里、奥はどこにいる？　まずは萩の方と話をせねばならぬ」

「奥方様でございますか、ここにはおりませぬ」

お里は困った顔をした。後ろで姥たちが固唾《かたず》を飲んでいる様子だった。

「どこにいる？　上屋敷か、それとも中屋敷か？」

「奥方様は府内にはおりませぬ。半月ほど前に江戸を発ち、国元へ静養のためお帰りになりました」

「ほう。静養だと？　どこか具合でも悪いのか？　まさか、雅胤の看病をするうちに、コロリに感染したというのではあるまいな」

「ご病気ではありませぬ。こんなことを申し上げていいものか、……、いずれ、遅かれ早かれ、分かることでもありますので、いまのうちに殿のお耳に入れておいた方がいいか、と」

お里は長い前置きをいい、膝を進めて、文史郎に近づいた。お里は文史郎の耳に囁いた。

それは仰天するような秘密の話だった。

「お里、本当か？　嘘ではあるまいな」

文史郎は一度聞いても、すぐには理解できず、もう一度、お里に聞き返した。

文史郎は、あまりに衝撃的な話に、しばらくは頭が混乱し、呆然としていた。

六

東の空が白みはじめた。黒々とした八溝《やみぞ》山系の低い山脈が連なっている。

文史郎は闇を衝《つ》いて馬を馳せた。まもなく山間の峠の国境《くにざかい》に差しかかる。

風が耳を切り、蹄《ひづめ》が砂利を弾く。

後ろから爺と右近が掛け声を出し、馬を飛ばして付いて来る。

江戸から那須川藩まで、およそ三十八里（一五二キロメートル）。歩けば三日から四日、馬を飛ばせば、およそ一昼夜の行程だ。

文史郎たちは、日光街道を辿り、宇都宮で東山道《とうさんどう》に入り、奥州街道を目指して駆ける。

途中の宿場駅で次々馬を乗り替え、ほとんど休みも取らずに、ほぼ一昼夜、馬を駆けさせていた。

文史郎は馬の臀《しり》に鞭を入れた。駅で乗り換えたばかりの馬は応えて、さらに早足で駆ける。

胸騒ぎがして堪らなかった。

間に合ってくれ、と心に念じた。

由美と武之臣については、どうにか刺客に襲われる前に駆けつけることができた。しかし、江戸から離れた国元にいる如月と弥生の親子の安否は分からない。右近の話では、中老橘竜之介の手配した護衛何人かが、如月親子を守るために駆けつけることになっている。

同様に由美たちを守ろうと駆けつけた桜井と小島は頼りなく、あてにはならなかった。如月親子に送られた護衛も、あてにすることはできない。

――なんとしても、自分が如月と弥生の命を守らねば。

それが、これまで放置してしまった如月と弥生に対する、せめてもの贖罪《しょくざい》のように思えた。

峠への最後の坂道を駆け登る。

那須川藩の国境には藩の関所がある。白河の関のような関所ではなく、藩領に出入りする者に手配の者や不審な者が混じっていないかを調べる関だ。

夜明け前とあって、まだ国境の関所は木戸を閉めたままだった。

文史郎は馬の手綱を引き、木戸の前に馬を止めた。

「開門！　開門！」

駆けつけた爺と右近が馬を止めて怒鳴る。

番所の小屋から、寝惚け眼《まなこ》の番人が顔を出した。こんな朝早くに誰だろう、という顔をしている。

「藩主若月丹波守清胤様の御帰還なるぞ。早く木戸を開けよ」

右近が番人に命じた。

「はい、ただいま」

番人は慌てて、木戸へ駆け寄り、閂《かんぬき》を外した。木戸を開いた。

「はいよー」

文史郎は馬の腹を蹴り、開いた木戸の間を駆け抜けた。

爺と右近の馬が関を駆け抜けた。

そこから山道の坂を下れば、那須川藩の城下町まで一本道だ。

――間に合ってくれ。

と文史郎は念じ、馬に鞭を入れた。

次第にあたりは明るくなって来る。山道を下り降りた。

稲の刈り入れが終わった切り株だらけの田が拡がっている。稲藁の束を積み上げた稲藁ぼっちがそこかしこに見えた。

細い一本道の先に、鎮守の森がまだ夜の暗さを残して、ひっそりと佇んでいた。

那須川の河原が見えてきた。那須川は流れ下って本流の那珂川《なかがわ》に合流する。

長い木橋が架かっている。〝戻り橋〟だ。

文史郎は馬を馳せ、〝戻り橋〟を一気に駆けた。

木橋の板が蹄の音を立てた。

文史郎は橋の欄干を見ながら、心の中で「如月、戻って来たぞ！」と叫んだ。

七

文史郎は戻り橋を駆け抜けると、城には向かわず、馬の首を北の那須連山に向けた。

那須連山の主峰茶臼岳《ちやうすだけ》や朝日岳《あさひだけ》が昇ってくる朝日を受けて、茜色《あかねいろ》に染まっている。

文史郎は街道から外れた細道に馬を馳せた。

「殿、どちらへおいでですか！」

後ろから爺の声が聞こえた。文史郎は、手にした鞭で前方の低い丘陵を指した。

「新郷《しんごう》だ！　それがしに続け」

丘陵にくぬぎ林が見える。くぬぎ林を背にして何軒もの茅葺きの農家が身を寄せ合うようにして建っている。

如月の実家がある新郷村だ。

如月は新郷村を拓《ひら》いた郷士、八木沢信蔵《やぎさわしんぞう》の娘だった。

八木沢家は、代々那須川藩の家老職を勤める家系だったが、八木沢信蔵の父、満蔵《まんぞう》は藩財政の悪化の責任を取って家老を辞め、士分まで捨てて野に下った。

満蔵は自ら鍬《くわ》を手にして、原野の開墾にあたり、新しい田畑を拓いた。生活の貧しさから逃散《ちょうさん》していた百姓農民を呼び戻して、田畑を与え、新郷村を作った。

信蔵は父満蔵の遺志を継いで、百姓農民の先頭に立って、荒れ地の開墾を続けた。

さらに、くぬぎ林を利用して、炭を焼き、城下町や近隣の町に炭を出荷した。

窯《かま》を造り、益子《ましこ》から陶芸師を招いて、陶器を焼いている。気候に収穫が左右される農業だけに頼らない殖産振興を行なった。

文史郎は馬上から遠く新郷村を眺めた。

——おかしい。

と文史郎は思った。

普段なら夜明けのころには、村に朝餉の煮炊きする竈の煙が朝靄となって棚引いている。

早起きの農家が多いというのに、まだ煙も出ていない。

胸騒ぎがさらに激しくなった。

文史郎は馬に鞭を入れ、村の集落に飛ばした。

村の広場に馬を駆け込ませた。

村は深閑として静まり返り、村人たちの姿がなかった。

文史郎は、口から泡を吹いて興奮している馬の首を撫でて宥めた。

「殿、ご用心を」

爺も異変を察知して、文史郎に馬を寄せた。

ようやく追いついた右近も馬を宥めながら、村の様子に戸惑っていた。

「八木沢信蔵の家を訪ねるぞ」

文史郎は馬を進めた。十数軒ほどの農家が道の左右に並んでいる。八木沢信蔵の家は、その村のほぼ中央に建っていた。

八木沢家の農家の様子を一目見た文史郎は叫んだ。

「おのれ！　遅かったか！」

家の雨戸はいずれも外れて庭に落ちていた。出入り口の木戸も破られ、戸口から暗い家の内部が覗いていた。

文史郎は馬を家の前に寄せ、馬から飛び降りた。

「如月！　どこにいる！」

文史郎は怒鳴りながら、家の中に飛び込んだ。

爺と右近があいついで土間に駆け込んだ。

返事はなかった。

「如月！　弥生！　どこにいる？」

家の中はしんとして静まり返っていた。

ふと生臭い血の匂いを嗅いだ。

文史郎は足元に人が転がっているのに気づいた。

八木沢信蔵だった。着物のあちらこちらを刀で斬られている。土間には夥《おびただ》しい血が流れていた。

文史郎は信蔵の首を手で触れた。弱々しかったが脈があった。かすかに息もしている。

傍らに薪が一本転がっていた。信蔵は剣の遣《つか》い手だった。大刀を取りに戻る間もなく、何者かに襲われ、竈の側にあった薪を拾って応戦したらしい。

文史郎は信蔵を静かに抱え起こした。

「しっかりしろ。それがしは文史郎、いや若月清胤だ」

信蔵は虚ろな目で、文史郎を見た。

「……との」

「済まぬ。もう少し早くに来ていたら……。いったい誰にやられた？」

「……け、剣持《けんもち》……」

信蔵は口をぱくぱくさせた。

傍らから覗き込んだ右近が急き込《せ》みながらいった。

「剣持蔵之助《くらのすけ》でござるな？」

「何者？」

文史郎は訝った。聞き覚えのない藩士の名だ。

「城代家老派の家老滝口勝典《たきぐちかつのり》殿が連れて来た剣客です。今年新たに指南役として藩が雇った神道無念流の遣い手です」

文史郎は、もしや、と思った。

法相寺の境内で待ち伏せていた男たちは、みな神道無念流だった。あの中の一番の遣い手が剣持蔵之助ではないのか？

あのときは、甲斐犬クロが男の喉元に飛びかかり咬みついてくれたので、危うく男の剣を避けることができた。

「殿、こちらにも……」

爺が居間に倒れている女を助け起こしながらいった。

「如月か！」

「いえ。母御のお牧《まき》どのではないか、と」

「傷は？」

「……傷は浅い。手当さえすれば」

突然、文史郎の腕の中で、信蔵が身じろぎ、呻いた。

「…………」

「どうした？　信蔵、何がいいたい？」

「ど、どうか……む、むすめを……頼み申す」

「分かった。如月と弥生は生きているのか？」

「……逃しました」

「そうか。で、どこにいるのだ？」

「うらの……あたご山の……」

「愛宕山の、どこだ？」

「かまに……孫もいっしょに」

「窯だな？　分かった。安心しろ」

「……」

信蔵は喉をごろごろ鳴らして、ゆっくりとうなずいた。

「何者だ！」

右近が戸口に向かって怒鳴り、刀の柄に手をかけた。

開け放った戸口から、何人もの男たちの顔が中を覗いていた。

「お侍さま、あっしらは、この村の者で、怪しい者ではありません」

「……庄屋様はご無事で？」

農民たちはおそるおそるいった。

文史郎は訊いた。

「新郷村の人たちか？」

「へえ」

「さっそくだが、みんなで信蔵殿とお牧殿の怪我の手当をしてやってくれ。傷は深いが、まだ助かる。きれいな布で血止めをするんだ。そして、誰か馬で町へ行き、大至急町医者の内藤《ないとう》どのを連れて来い」

「城の御典医がいるではないですか？」

爺がいった。右近が口を挟んだ。

「いえ、御典医は城代家老派です。町医者の内藤どのがいい。藪医者といわれてますが、蘭学も齧《かじ》っている勉強家だ。それがしの友人でもあるのですが」

「よし、右近、おまえが馬を飛ばし、内藤どのを連れて来るんだ。手当が早ければ、助かるやもしれん」

「しかし、殿は？」

「ぐずぐずいわず、行け」

「はいッ。ただいま行って参ります」

右近は飛び出して行った。やがて馬の蹄の音が遠のいていく。

文史郎は信蔵お牧夫婦を村人たちに託して、外に出た。

裏のくぬぎ林から、女子供、老人や若者たち五、六十人がぞろぞろと現れ、文史郎や爺を見ていた。

文史郎は馬に乗り、村人たちに訊いた。

「それがしは、当藩の藩主若月丹波守清胤だ。恐れるでない。心配するな。それがしが来た以上、もう誰にも危害を加えるような真似はさせん」

「お殿様だべ」「うんだ。殿様だ。初めて見るべ」

村人たちは顔を見合わせ、ざわめいた。ついで一斉に跪《ひざまず》きはじめ、平伏しようとした。

「みな、苦しうない。そのままでいい」

文史郎は馬を宥めながらいった。

「おぬしたち、襲って来た者たちを見たのか？」

「へえ」

何人かの男がおそるおそるうなずいた。

「何人いた？」

「十人ほどいたべか」

「どんな連中だ？」

「馬に乗った侍でした」

「どっちへ行った？」

「山の方さ、半分。残り半分は川の方へ」

「山の方というのは、愛宕山か？」

「へえ。そうだべ、あそこには、炭焼き小屋と窯があっから」

「川の方というのは？」

「水車小屋がいくつもあんだ。そこへ、お嬢さまと娘っ子を捜しに行ったんだべ」

「如月と弥生か？」

「うんだ。如月様と弥生さまだ。それに隣村の郷士の大鹿一平《おおしかいっぺい》さん。おらたちが、侍たちを相手している間に、大鹿さんが連れて逃げたんだ」

「三人か。三人は愛宕山へ行ったのだな」

文史郎は馬を裏手の山へ向け、馬の腹を蹴った。馬はどっと走り出した。

窯の場所は以前に、何度か訪ねている。窯で作る陶器を藩の国産品として売れれば、藩財政の一助になる。そのため、藩で支援したい、と信蔵に申し入れていた。

だが、本当は如月に会うためだった。如月は、父親の陶器造りの手助けもしていた。

裏手の山にはくねくねとした細い道が何本もあった。それらはいくつもの枝道に分かれて頂きで合流していた。

山頂には愛宕神社の祠《ほこら》があり、春秋の祭りの際には、大賑わいになる。

そのうちの一本の細道は途中で、山頂に行かず、隣の山との山間に下りていた。

杉林に隠れるような場所に、山の斜面を利用して長い登り窯が造られてある。

そこで益子焼きの技法を継承する那須焼きが行なわれていた。

窯の近くには、小屋があり、信蔵や如月たちは、そこに籠もって陶器を焼いていた。

──大鹿一平？

初めて耳にする郷士の名だった。もしかすると、如月の許婚《いいなずけ》かもしれない。

当然だ、と文史郎は心に思った。

あんないい女を独り身で放っておく男はいない。きっと許婚か、あるいは、もう夫となっている男かもしれない。

馬は息急《せ》き切って細道を駆け上がって行く。

爺が後ろから、ぴったりとつけて馬を馳《は》せて来る。

先の方で馬のいななきが聞こえた。

敵に先を越されたか。

文史郎はいささか、焦りを覚えた。

見覚えのある松の木の根元を越え、窯がある杉林へ突進した。

数頭の馬が杉林に繋がれていた。侍の人影はない。

──おのれ。剣持！

文史郎は馬を疾駆させ、窯への近道である藪の中に突進させた。道なき道の斜面を駆け降りる。

登り窯が目に入った。一番上の煙突から薄い煙が上がっている。

小屋の前で数人の人影が斬り合っていた。

間に合ったか！

文史郎は馬に急な斜面を下らせた。後ろから爺がついて来るかどうか分らなかったが、振り返る余裕はなかった。

五人の侍たちが作務衣《さむえ》姿の女と郷士の男を三方から囲んで刃を向けていた。

「ええい！」

馬は跳躍し、小屋の前の広場にいる五人の侍たちの中に飛び込んだ。侍たちは四方に散って逃げた。一人が間に合わず、馬の蹄にかかり、その場に倒れて転がった。

「待て待てい」

文史郎は怒鳴りながら馬から飛び降り、大刀の鯉口を切った。

馬に蹴られた侍は蹲《うずくま》ったまま、起き上がれない様子だった。

四人の侍は突然の文史郎の出現に狼狽《ろうばい》した。

それでも、三人が作務衣の女を囲み、一人が文史郎の前に立ち塞がった。

作務衣の女は必死の形相で小太刀を構えていたが、文史郎を見ると、ほっと表情を緩めた。

「文史郎さま!……」

如月は青白い顔を文史郎に向けた。作務衣の袖や脇が斬られ、生地に血の染みが拡がっていた。

如月の後ろに、大刀を手にした郷士らしい若い男が膝をつき、荒い息をしていた。

おそらく、その若者が大鹿一平なのだろう、と文史郎は思った。大鹿は如月と弥生を守ろうと、刺客たちと斬り結んだが、衆寡《しゅうか》敵せず、斬られたのに違いない。

侍の一人が如月の一瞬の隙を見て、上段に構えた白刃《はくじん》を振り下ろそうとした。

「おのれ!」

文史郎は大刀の柄から、小柄を抜いて、その侍に投げつけた。

小柄はきらめき、その侍の首に突き刺さった。侍は悲鳴を上げ、首を押さえながら蹲った。

次の瞬間、文史郎は滑るように走り出し、目の前に立ちはだかった侍の脇を擦り抜けた。同時に擦り抜けざま抜き打ちで、侍の胴を払った。

侍は胸から血をどっと噴きながら、二、三歩よろめき、その場に膝から崩れ落ちた。

文史郎は如月に駆け寄り、背に如月を庇った。後ろから懐かしい如月の声が聞こえた。

「との……」

「安心いたせ。それがしが来た以上、もう大丈夫だ」

文史郎は背に如月を庇い、侍たちに対して大刀を正眼に構えた。

五人から一挙に三人に減った侍たちは、突然の文史郎の出現におろおろし、顔を見合わせた。

　文史郎は三人を恫喝《どうかつ》した。

「おぬしたち、それがしを若月丹波守清胤と知って、なお刀を向けるのだな」

「と、殿……」

「殿が。どうして、ここに……」

　三人は顔色を変え、刀を構えたまま、じりじりと後退しはじめた。

「誰に命じられて、それがしの愛妾如月と娘弥生を亡きものにせんとするのだ？」

「上意討ちでござる……」侍の一人がいった。

「上意討ちだと？　では聞こう。上意とは、誰の命令をいう」

「…………」誰も答えなかった。

「藩主である余の命令だろう？　余は、そのような命令は出しておらんぞ」

　三人の侍の顔は見る見るうちに青ざめていった。軀が震えている。

「誰がおぬしたちに如月と娘を討てと命じた？　いうてみよ」

「………」三人は刀を構えたまま黙っていた。

「そうか。おぬしたちが、自分自身で決めたのだな。ならば謀反《むほん》だな。謀反の罪は重いぞ。死罪を覚悟せよ」

侍の一人がわなわなと震えていった。

「……も、申し上げます。家老の滝口様から命じられました。萩の方様の御上意だとお聞きました」

「萩の方は余の奥。藩主ではない。おぬしら、奥や家老の滝口に忠誠を誓い、藩主の余に謀反を起こすというのか？」

「と、とんでもありませぬ」

突然、杉林に馬蹄が響いた。

爺が馬を疾駆させ、ようやく広場に駆けつけた。爺は馬から飛び降りざま、侍たちを怒鳴りつけた。

「この無礼者！　おぬしら、どこの藩の禄を頂いておるというのだ！　おぬしらの禄を下さる藩主の若月丹波守清胤様に刃を向けるとは、なんたる無礼。下がりおろう」

爺の一喝を受け、三人は慌てて刀を背に回し、その場に平伏した。

爺は振り向き、文史郎ににやっと笑った。

「あとはお任せあれ」

文史郎はうなずき、如月を見た。

如月は膝をついて倒れかかった。文史郎は大刀を地面に突き立て、急いで如月の軀を受けとめた。

如月は小太刀を遣う。だが、相手が五人では、さすがの如月も手に余ったのだろう。

背後で荒い息をしていた郷士の若者は刀を手に起き上がろうとしたが、がっくりと地べたに崩れ落ちた。

「爺！」

「はいはい。忙しいこった」

爺は急いで走って来た。

「その若者を頼む」

「かしこまってござる」

爺は郷士の若者を抱え起こした。

「…………」

爺は若い郷士の軀を揺すぶっていた。

文史郎は如月の傷を調べた。

斬られた個所は脇腹と右上腕部。それに肩口に深傷を負っていた。左肩からざっくりと斬り下ろされて、ぱっくりと傷口が開いている。そこから大量の血が流れ出て、作務衣や下着を血で染めていた。

「お殿さま、……来てくれたのですね」

「如月、もう大丈夫だ。手当をすれば、この程度の傷、すぐに治るぞ」

文史郎は如月を励ました。

「かあさま」

小屋の戸口から小さな女の子が飛び出し、如月に駆け寄った。

「……弥生か」

文史郎は如月を抱きながら、弥生を見つめた。赤ん坊のころの弥生しか見ていないが、母親の如月似の目や口をしている。

「弥生、この方はね」

弥生はきょとんとした顔で文史郎を見つめた。

「あなたのほんとうのお父様なのですよ」

「おとうさま？」

弥生は文史郎を見上げた。

「……との……うれしうございます」

如月の軀が寒さで震え、顔の血の気が引いていく。文史郎は叫んだ。

「如月、死ぬな！」

文史郎は、そっと如月の軀を抱え、小屋へ運んだ。小屋には囲炉裏があり、奥に藁を敷いた寝床があった。

文史郎はそこへ如月を運んで横たえた。如月は唇を紫色にしてぶるぶると震えていた。

弥生がおろおろして如月につきまとっている。

「おかあさま、おかあさま」

「弥生、大丈夫だ。必ずお母様は助ける。約束する」

文史郎は自分に言い聞かせるように弥生にいいながら、如月の軀の周りに、藁を掻き集めて被せた。

爺の怒鳴り声が外から聞こえた。

「おぬしら、何をぐずぐずしておる。仕事をせんか。よく働けば、殿にお願いして罪一等を減じるぞ」

「その怪我人たちの手当をしろ。もう敵も味方もないぞ」「遺体にコモを被せてやれ」「おぬしは火を起こせ」「おぬしは水を汲んで来い」……

爺は侍たちに矢継ぎ早に命じた。侍たちは独楽鼠《こまねずみ》のように忙しく働いている。

侍たちは郷士の若者と仲間の怪我人を抱えて小屋の中に運び込んだ。

馬に足蹴にされた侍は足を骨折しているようだった。首を小柄で刺された侍は、傷口に手拭いを巻いて止血している。

爺は文史郎の刀を手に持ち、小屋の中に入って来た。

「殿、刀をお持ちしました」

「うむ」

文史郎は懐紙で刀についた血糊を拭い、鞘に納めた。震える如月の様子を見た。

「熱が出ていますな。出血を止めて、軀を温めねばなりませぬ」

「郷士の若者は？」

「重傷ではありますが、手当さえすれば、たぶん助かりましょう。……いまは気を失っております」

小屋の中には紐が張ってあり、そこに洗い立ての腰巻や単衣《ひとえ》が干してあった。

「これを使いましょう」

左衛門は腰巻を取り、口で端から引き裂いて帯状の布を何枚も作った。

「殿、作務衣を脱がしましょう」

「うむ」

文史郎は如月の作務衣の左肩を脱がせた。

如月は唇を震わせながら、じっと文史郎を見つめていた。信頼している目だ、と文史郎は心が締め付けられた。

「おかあさま」

弥生が傍らで如月の手を握った。

左衛門は肩口の傷に折り畳んだ布を押し当てた。その布を押さえるようにして、切り裂いて作った細布で肩から胸、脇の下、上腕部をぐるぐる巻きにした。

「傷口を圧迫して血を止めます。あとは医者に診てもらうまで、傷口を開かないようにするしかないでしょう」

左衛門は桶の水に手拭いを浸し、如月の額にあてた。

「寒い……」

文史郎は単衣を如月に被せ、さらに藁で軀《くま》を隈なく包んだ。

「火はまだか。部屋を温めよ」

「ただいま」

一人の侍が薪を運んで来た。別の侍が囲炉裏端で灰の中の炭火を掘り出し、杉の枯れ葉をくべ、火を熾しはじめた。はじめは炎も小さく、青い煙が上がるだけだったが、やがて杉の葉にぽっと火がつき、炎が上がった。

「ようし、いいぞ」

左衛門は薪をくべた。

杉林から新たな馬蹄が響いた。馬のいななきも聞こえる。

弥生が怯えた顔で如月の軀にしがみついた。

新たな敵が来る。文史郎は刀を手に立ち上がった。

「爺」

「はッ」

左衛門は侍たちをはったと睨んだ。

「やつらは?」

「はい。指南役の剣持先生たちです」

「おぬしたち、謀反人になりたいか、それとも殿をお助けして、謀反の罪をご赦免いただくか？　どちらにいたす」

左衛門は刀の柄に手をかけた。

「殿をお助けいたします」

三人の侍は声を揃えて答えた。

「よし、武士に二言《にごん》はないぞ」

文史郎は小屋から外へ出た。

細道から五人の侍たちが馬を走らせて来た。

先頭の騎馬は、やはり法相寺の境内で襲ってきた剣客だった。クロに咬まれた首に黒い布を巻いている。

文史郎は大刀の鯉口を切った。

五人の騎馬隊は広場に駆け込んだ。

「おぬしが剣持蔵之助か」

剣持は馬をなだめながら、血相を変えた。

「な、なぜ、おぬしがここに……」

剣持は、爺といっしょに小屋から出てきた侍たちを見てなじった。

「おぬしら、何をしておる。そやつらを斬れ！」

侍たちは刀の柄に手をかけたまま動かなかった。爺が大きくうなずいた。

「もはや、この者たちは、おぬしの部下ではないぞ」

文史郎は下げ緒で手早く襷をかけた。

「剣持、よくも我が臣、八木沢信蔵夫婦を斬ったな。あまつさえ、我が愛妾如月と幼い弥生までも殺《あや》めようとしたな」

後ろから若い侍が馬を出して叫んだ。

「上意だ」

「何が上意だ！」

後ろから出てきた爺が怒鳴った。

「殿に向かって上意とは何ごとか！　おぬしら、こちらの殿に見覚えはないのか！　痴《し》れ者め。よおくご尊顔を拝んでみろ。恐れ多くもおぬしたちの城主若月丹波守清胤様にあらせられるぞ」

騎馬の侍たちに動揺が走った。

「殿だと？」「たしかにお殿様だ」

侍たちが口々にいい、ばらばらっと馬から降りた。

「頭が高い！　下がりおろう！」

「ははあ」

下馬した侍たちは、その場に平伏した。

文史郎は剣持を睨んだ。

「剣持、おぬし、家老滝口に藩指南役に雇われたらしいな。とんだ指南役を雇ったものよ。だが、陰謀はもう終わりだ。もはや年貢の納め時だと思え」

剣持がおもむろに下馬をした。

「こいつら、まったく意気地がない腰抜けどもだな。おぬしら、あれほど、口々に婿養子の藩主の悪口をいい、藩主を殺してでもお世継ぎは若月家の血統の御子を、と申していたではないか。それが、藩主に直接会ったとたんにこの体《てい》たらくだ。これが武士かと思うと、情けなくて泣けてくるぜ」

「…………」

部下の侍たちはひたすら地べたに額を擦りつけるように平伏したまま動かなかった。

剣持は馬の手綱を近くの立ち木に結わえつけ、下げ緒で素早く襷をかけた。

「ここまで来たんだ。もはや引き返すことなどできまいて。文史郎、おぬしも、殿より、そう呼ばれたいだろうが」

「ああ。いかにもその通り」

「立ち合いに、殿も指南役もない。さあ行くぞ、文史郎」

剣持はすらりと刀を抜いた。青眼に構えた。　文史郎は相青眼に構えた。相手の左眼にぴたりと切っ先を当てる。

——できる。さすが指南役を務めるほどの剣客だ。

一枚の巨大な岩壁に向かっているようで、まるで動かない。小手先の技は通じない。

周囲の音が次第に遠のいて行く。あたりの木立ちや侍たちの存在も薄れていく。

風がそよぎ、太陽の光が降り注ぐ。

剣持と文史郎は互いに隙を見つけようと、じっと相手の気配を窺った。

じりじりと殺気が膨らみ、迫ってくるのを文史郎は感じた。

平常心。

慌てるな。必ず敵が焦《じ》れて仕掛けてくる。

文史郎は自分に言い聞かせた。

しばらくして、案の定、剣持の左足が徐々に滑り出す。同時に滑らかな動きで、剣持の刀が八双の構えに移った。

攻撃の構えだ。文史郎はふと剣持の気持ちを察した。

相討ちに持ち込もうとしている。斬られてもいい、と思っている。

こちらも望むところだ、と文史郎も思った。この勝負は、どうやっても相討ちで決まる。

ならば、と文史郎は心を決めた。

いきなり青眼の構えを崩し、すっと刀を下げた。張りつめていた気合いを消した。無心になり、両手をだらりと下げた。相手がどこからでも打って来られるよう隙だらけにする。

真捨《ます》て身《み》の構え。

「………？」

剣持は一瞬動揺した。

次の瞬間、剣持の軀が飛鳥のように飛び、刀身が一閃した。

文史郎の右手の刀が目にも止まらぬ速さできらめいた。剣持の刀の切っ先が文史郎の着物の胸を裂いて落ちた。文史郎は剣持の刀を見切り、わずかに身を反らして避けただけだった。文史郎の刀が下から払い上げられ、剣持の左腕を斬り上げていた。

「………？」

剣持ははっとして腕を押さえた。斬り口からどっと鮮血が噴き出した。

「おのれ」

剣持は刀を落としそうになったが、すぐに右手に持ち替え、横殴りに文史郎を斬ろうとした。

文史郎は一気に間合いを詰めて、剣持の懐に飛び込んだ。剣持の顔に顔を近づけ、刀を深々と剣持の胸に突き差していた。

「おぬし、腕は達つが、使い方を間違ったようだな」

文史郎は剣持にいい、刀を引き抜いた。

剣持の胸からどっと血潮が噴き出した。

「……余計なお世話だ」

剣持はにやっと笑ってその場に崩れ落ちた。

「止《とど》めを！」

爺が後ろからいった。

文史郎は剣持の手の刀を蹴り飛ばし、屈み込み、喉元に刀の刃をあてた。

「……冥土《めいど》へ行く置き土産に教えよう」

剣持が苦しそうに口を開いた。

「何がいいたい？」

文史郎は剣持の顔に耳を寄せた。

「………」

剣持は文史郎に囁いた。そして、がっくりと首を落とした。

風が吹き、枯れ葉が舞い落ちた。

「殿、やつは最期に何を」

「うむ。あとで分かる。こいつも、最期にいいことをしたから極楽浄土へ行けるだろう」

文史郎は刀を懐紙で拭い、剣持に合掌した。爺もいっしょに合掌した。

杉の木立ちから、また馬蹄の響きが近づいて来た。

「殿う！」

大塚右近の声だった。右近を先頭にして、大勢の騎馬が続いていた。

八

文史郎は中老橘竜之介とともに、城内の大廊下を大広間へ向かって突き進んだ。

背後には、左衛門をはじめ、大塚右近ら元近習組など、文史郎の側近たちが群れをなして付いて来る。

大広間には城代家老大森泰然をはじめ、家老滝口勝典など藩の要路たちがずらりと居並んでいた。

正面の一段高い床の間に、奥の萩の方が控えていた。

「殿のお成りい」

お小姓が甲高い声で告げた。

大森泰然ら家老たちは一斉に平伏した。

文史郎はずかずかと床の間に上がり、萩の方の隣に敷かれた座蒲団にどっかりと座った。

あとに続いた中老橘竜之介や右近たちは大広間の右手に並んで座った。

「苦しゅうない。面《おもて》を上げい」

文史郎の声に、家臣たちは顔を上げた。

城代家老大森泰然が大声で挨拶を始めた。

「大殿様のご尊顔を拝謁し、恐悦しごくにございます。ますますご壮健あそばされて……」

「城代家老、堅苦しい挨拶は、もういい。ざっくばらんに話そう」

「…………？」

大森は面食らった顔で、家老の滝口や重臣たちと顔を見合わせた。

「大森、いろいろ画策、ご苦労であった。大儀だったのう」

「はあ……」

「大森、滝口、おぬしら重臣の、藩や若月家の繁栄を思う考え、よう分かった。要するに、御家大事、そのためには、なんとしてもお世継ぎを立てねばならぬ。できれば持参金付きの養子を」

「それがしたちは、持参金をあてにして養子を取ることなど考えてもおりませなんだ……」

大森が代表して口を開いた。

「嘘を申すな。それがしも、松平家から五千両を持参したではないか。まあ、それはいい。藩財政立直しに金は必要だからのう」

「今回は、若君様の雅胤様が急逝され、お金よりも、どうしても急養子を取らねばならぬ事情がありまして」

「幕府に再々度の急養子を取るのは認めてもらえないだろう、というので、萩の方を再婚させよう、と考えたのだろう？」

「……は、はい」

「だが、萩の方には、れっきとしたそれがしという邪魔な夫がいる。それでそれがしを消そうと刺客を送り込んだ」

大森泰然がきっと文史郎を睨んだ。

「滅相もない、殿、いくらなんでも、この大森泰然、そこまで落ちたことは、やりませぬ」

「そうかのう。滝口、おぬしは、どう思う?」

「はあ、それがしも……」

「嘘をつけ。蛙の顔に小便というのは、おぬしのようなやつをいうのよな」

「な、なんということを仰せられる。いくら殿でも、……」

滝口は真赤な顔で居直った。

「ほう、許せぬか。おぬしが藩指南役に雇った剣持蔵之助と、その配下がすべてを吐いたよ。おい、爺、配下どもを見せい」

廊下側の襖ががらりと開き、そこに剣持蔵之助の配下だった侍たちがずらりと並び平伏していた。

「おのれ!」

滝口は裃《かみしも》の片袖を脱ぎ、小刀を抜いて、床の間に突進した。文史郎に斬りかかろうとしたところを、爺が足払いをかけた。

滝口はもんどり打って、文史郎の前に突っ伏した。

右近たち元近習組が殺到して、滝口を押さえ込んだ。

滝口は暴れながら、大声で、

「これには訳がござる。殿、訳をお聞きくだされい」

文史郎は滝口を手で制した。

「滝口、おぬしの言い分は、分かっているって。これからがおもしろくなるところだ」

「か、家老の滝口が、殿のお命を狙って……」

大森泰然が絶句した。

「おう、そうだよ。大森泰然、滝口が上意を受けてやったこと」

「何？　上意ですと？」

「そう。滝口だけが悪いわけではない、そうだよな、奥」

文史郎はくるりと萩の方に向き直った。

萩の方は真赤な顔で俯《うつむ》いていたが、突然、平伏した。

「殿、お許しくださいませ。わらわが悪うございました」

「上意とは、奥方様から出たと申されるか？」

大森泰然が啞然として、萩の方を見た。

「そうだよな、滝口」

「は、はい。いかにもその通りでございます」

滝口は腕をねじ上げられたまま、がっくりと肩を落とした。

「そう。萩の方は離縁してくれといえば、いいものを、そうなるとただの姫になるだけで、藩主のそれがしの地位は変わらないとなり、それがしの暗殺を滝口に命じた」

「………」

「そればかりか、それがしの愛妾たちとともに、我が血を引く子らの命も亡きものにして、後顧の憂いなきようにしようとも企《たくら》んだ。そうだよのう、滝口」

「はい」

滝口はうなだれた。萩の方はじっと下を向いたままだった。

中老の橘竜之介が膝を進めた。

「おそれながら、申し上げます。今般の滝口ご家老たちの陰謀、まことに遺憾なこと。つきましては、殿には隠居をお辞めいただき、再度藩主に復帰なされ、側室の方々を城中にお迎えし、殿の血を引く御子を世継ぎにお立てすることを提言させていただきます」

「ところが、そうはいかんのだな」

「と申しますと？」

　橘竜之介は怪訝な顔をした。

「息子武之臣の母由美は、とっくの昔に再婚して町人となり、幸せに暮らしておる。娘弥生の母如月にも、ちゃんとした連れ合いがおる」

「どちらかに別れていただき……」

「おいおい、そんなご都合主義はいかん。人の幸せを壊してまで、若月家の安泰だけを望むなどもってのほか」

「…………」

「心配するな。案ずるより産むが易《やす》しと申すではないか。のう、奥？」

　文史郎は萩の方を一瞥した。萩の方は怪訝な顔付きをした。

「おぬし、お腹のややこは順調かの？」

「……は、はあ」

　大広間が一瞬ざわめいた。大森泰然は重臣たちに何事か、と尋ねている。中老橘竜之介も、爺や側近たちとひそひそ話をしていた。

　文史郎は膝を進め、萩の方の側に寄って、手を握った。萩の方に耳打ちした。

「奥、おぬしも石女《うまずめ》ではなくよかったではないか。子が欲しくてもできぬ人が多いなか、天からの授かりものだ」

「でも、殿の子では……」

「分かっておる。だが、おぬしの子は若月家の血筋だ。大事に育てれば血統は続く」

「でも、操《みさお》を守らずに、殿を裏切りました。申し訳ありませぬ。こうなっては死んでお詫びをさせていただきたく……」

「ならぬぞ。それがしも、愛妾に我が子を産ませた。お互いさまだ。それがしのことも許してくれ。それがしも、そなたを許す。すべて那須川の水に流す。よいな」

「………」萩の方は目に涙を溜めた。

「あとは、それがしにすべて任せてくれ」

「……御意のままに」

文史郎は元の席に戻った。

「みなの者、大事なことを話す。静まれ」

大広間の家臣たちが、しーんと静まり返った。

「奥は、この度、めでたく懐妊していることが分かった。いま八ヵ月だ。あと二月《ふたつき》もすれば、ややこが誕生する。それがしと、奥との間のほんとうの子だ。余は、ややこが生まれた暁には、正式に我が子に家督を譲る手続きをする。これで急養子など迎えずに、若月家の御家は安泰、藩も存続する」

大森泰然が大きく手を叩いた。

「それはおめでたい。大殿様、おめでとうございます。家臣一同に代わりまして、お祝いを申し上げさせていただきます」

中老の橘竜之介も嬉しそうに笑った。

「いやあ、これはほんとうにめでたいこと。藩をあげて、お祝いいたすことにしましょうぞ」

「これにて、お世継ぎ問題は、一件落着。以後は、城代家老派とか反城代家老派とかなどに分かれて、御家騒動など起こさぬことだ。よろしいな」

文史郎は大森泰然と橘竜之介に厳命した。

「ははあ」

大森泰然と橘竜之介は揃って平伏した。ほかの家臣たちも一斉に平伏した。

文史郎は満足そうにうなずき、萩の方を振り返った。

「これで、いいな」

「申し訳ございませぬ」

萩の方が頭を下げた。

文史郎はまた萩の方の傍らに寄った。

「おまえの相手の色男、小姓組の若侍だそうだな。お里から聞いた」

「はい」萩の方は消え入るような声でいった。

「剣持が教えてくれた。名前は、滝口隼人《はやと》。滝口勝典の末子ということではないか」

「はい」

「滝口勝典も親として必死だったのだろう。奥、心配するな。ご懐妊誕生祝いとして、滝口勝典は、切腹させぬ。一月ほどの閉門蟄居《へいもんちっきょ》処分で済ますようにしよう」

「ありがとうございます」

萩の方は三つ指をついて頭を下げた。

「それがしも、おぬしに認めてほしい条件がある」

「どのような?」

「余の長屋暮らしを認めてくれ。このまま隠居し、城には戻らぬ。幕府も気が触れた君として、一度隠居を認めたものが復帰するのを認めることはないだろう。おぬしが奥として、余の代わりに藩をまとめていってくれ。生まれた子が成人するまでは、おぬしが後見人になればいい。藩政は大森泰然や橘竜之介ら重臣と合議で行なえばいい。

若手の登用だけは忘れるな。いいな」

「分かりました。御意に従います」

「城代家老と中老たちには、それがしが因果を含めていっておく。いいな」

「ありがとうございます」

萩の方は深々と頭を下げた。

「よい子を産めよ」

「はい、必ずいい子を……」

萩の方は涙を浮かべ、文史郎に深々と頭を下げた。

だが、一瞬だったが、文史郎は萩の方の顔にしてやったりという笑みがふっと浮かんだような気がした。

九

「殿は、〝戻り橋〟のこと、覚えておられますか？」

如月は蒲団に横たわったままいった。

「うむ。覚えておる。あのとき、如月は何を橋の袂で祈っていたのだ？」

「……それをいったら、願いはかないませんから、いえません」

「そうか、まだいえないか」

「はい。殿は、どんな願いをなさったのですか？」

「その殿と呼ぶのはやめてほしい。文史郎と呼べ。昔のように」

「はい。文史郎さま」

「それがしの場合、もう叶ったようなものだ。いつか、おぬしの許に戻れるように、と願ったのだ」

「そうでしたの。嬉しい」

如月は幸せそうに笑った。笑うと肩口の傷が痛むのか、すぐに顔をしかめた。

「痛むか？」

「でも、だいぶ和《やわ》らぎました」

庭から弥生が顔を覗かせた。

「おかあさま」

「どうしたの？　弥生」

弥生は縁側から上がり、如月の胸のあたりに顔を押しつけた。

「あたしのおとうさまって、どの人なの？」

「この人がほんとうのおとうさまよ」

如月は文史郎を見ていった。弥生は寝転びながら、じっと文史郎を眺めた。

「でも、大鹿おじさまが、おとうさまになるかもしれないっていってたでしょ。おじいちゃんもおばあちゃんもそういってた」

「そうね。そういっていたわね」

如月は寂しそうに微笑んだ。弥生の髪を撫でた。

「そうだろうな。如月、おぬしは大鹿一平と夫婦になる決心をしていたのだろう？」

「はい。……」

文史郎は離れで養生している大鹿一平を思い浮かべた。

大鹿一平は朴訥《ぼくとつ》実直で、真面目な青年だった。八木沢信蔵の信奉者で、信蔵に弟子入りした。彼もまた藩士を辞め、刀を鍬に持ち替えて、百姓農民になった男だ。

大鹿は満身創痍になっても、如月を守ろうとした。剣技は如月に劣るものの、根性では如月に負けなかった。

七ヵ所も傷を負いながらも、五人の侍を相手に奮戦したのは誉めたたえられることだろう。

「うむ。いい。それがしとしても、あの男なら、如月を安心して託すことができる」

「文史郎さま、そんなことをいうのは、男の方の勝手というものです」

「う？」

文史郎は如月の思わぬ言葉にどきりとした。

「それは、〝戻り橋〟の袂で、私が願いを立てたことにかかわること。文史郎さま、いいですか。私は昔もいまも、あなたの側女《そばめ》なのですよ」

「あ、そうだの」

「それをいまさら、なんですか」

「はい」

文史郎は座り直した。

――いかん、いい加減な態度で聞いてはいかん。

「一度は、たしかに迷いました。父や母を安心させるために、大鹿さまと、と考えたこともありました。でも……」

如月は弥生を撫でる手を伸ばし、文史郎の手を握った。

「こうして、願いの一部が叶ったのですから、もう迷いません」

「な、なんと。でも、願いをいったら、願いは叶わぬのではないか？」

「文史郎さま、お帰りになる前に、もう一度、〝戻り橋〟に私を連れて行ってくださいませ。そこで、もう一度、お願いすれば、いいのですもの」

「なるほど」

「でも、今度の願いは、いまの願いとは別かもしれません」

如月はふっと謎めいた笑みを浮かべた。文史郎はふと如月の笑みが萩の方の笑みとよく似ていると思った。

十

文史郎は馬上から那須川藩領の田園風景をじっと眺めた。

那須連山の頂きは、うっすらと白く薄化粧をしている。

北からの木枯らしが吹き、地面に落ちた枯れ葉を舞い上げた。

爺が戻り橋の袂で、じっと祈っていたが、やがて馬に戻り、鞍に上った。

「さあ、参りましょうか」

「ほう。爺も祈る願いがあるのだのう？」

「……あたりまえです。いつも殿のお供をしているのですから」

「おいおい、どういう意味だ？」

「たまには、殿の傅役ではない、己の生き方を考えねば、ということです」

「爺、やけに今日は不機嫌だのう」

文史郎はゆっくりと馬を進めながら、長い木橋を渡りはじめた。

「それはそうですよ。爺も、今年還暦を迎えます。人生五十年という時代にですよ。長生きし過ぎております。これからは自分の生き方を考えねば、そう思ったのです」

「なるほどのう」

人生五十年か。おのれも、すでに三十余年。人生の半ばを過ぎて生きている。

先日、馬に乗せて、〝戻り橋〟に如月と弥生を連れて来たとき、如月はまた長々と橋の袂でお祈りをしていた。

別れ際に、如月は文史郎にいった。

「今度の願いは、きっと叶います。父や母の願いも、本当はきっとそうだと思います。文史郎さま、それまで、私はあなたさまをお待ちしています」

文史郎は、その言葉を聞いたとき、胸にずんと響くものがあった。

おぼろげにだが、如月の願いが分かるような気がした。

――あなたをお待ちします、か。

「殿、何をにやけていますかの？　馬から落ちても知りませんぞ」

「まあ、のんびり江戸へ帰ろう」

文史郎は高笑いした。だが、そのとたんに、萩の方や如月の高笑いが聞こえたような気がしてあたりを見回した。

周囲には、秋の田園風景が広がっているだけだった。

遠くに筑波山が陽に輝いていた。さらに南の方角には、富士山が遠望できた。

文史郎と左衛門は、馬の鞍に揺られ、のんびりと江戸を目指して歩き出した。

参考資料
『幕末百話』篠田鉱造著（岩波文庫）

二見時代小説文庫

狐《きつね》憑《つ》きの女《おんな》 剣客相談人《けんかくそうだんにん》2

著者 森《もり》詠《えい》

発行所 株式会社 二見書房
東京都千代田区三崎町二－一八－一一
電話 〇三－三五一五－二三一一［営業］
〇三－三五一五－二三一三［編集］
振替 〇〇一七〇－四－二六三九

印刷 株式会社 堀内印刷所
製本 ナショナル製本協同組合

 ISBN978－4－576－11024－0
http://www.futami.co.jp/

赤い風花《かざはな》 剣客相談人3

森 詠［著］

風花の舞う太鼓橋の上で旅姿の武家娘が斬られた。釣り帰りに目撃し、瀕死の娘を助けたことから「殿」こと大館文史郎は巨大な謎に渦に巻き込まれてゆくことに！

乱れ髪 残心剣 剣客相談人4

森 詠［著］

「殿」は大川端で心中に見せかけた侍と娘の斬殺死体を釣りあげてしまった。黒装束の一団に襲われ、御三家にまつわる奥深い事件に巻き込まれていくことに…！

剣鬼往来 剣客相談人5

森 詠［著］

殿と爺が住む八丁堀の裏長屋に男装の女剣士が！ 大瀧道場の一人娘・弥生が、病身の父に他流試合を挑む凄腕の剣鬼の出現に苦悩し、助力を求めてきたのだ。

夜の武士《もののふ》 剣客相談人6

森 詠［著］

裏長屋に人を捜してほしいと粋な辰巳芸者が訪れた。札差の大店の店先で侍が割腹して果てた後、芸者の米助に書類を預けた若侍が行方不明になったのだというが…。

笑う傀儡《くぐつ》 剣客相談人7

森 詠［著］

両国の人形芝居小屋で、観客の侍が幼女のからくり人形に殺される現場を目撃した殿。同じ頃、多くの若い娘の誘拐事件が続発、剣客相談人の出動となって……。

七人の剣客 剣客相談人8

森 詠［著］

兄の大目付に呼ばれた殿と爺と大門は驚愕の密命を受けた。江戸に入った刺客を討て！ 一方、某大藩の侍が訪れ、行方知れずの新式鉄砲を捜し出してほしいという。

二見時代小説文庫

必殺、十文字剣 剣客相談人9
森詠［著］
侍ばかり狙う白装束の辻斬り探索の依頼。すでに七人が殺され、すべて十文字の斬り傷が残されているという。背後に幕閣と御三家の影!? 殿と爺と大門が動きはじめた！

用心棒始末 剣客相談人10
森詠［著］
大川端で久坂幻次郎と名乗る凄腕の剣客に襲われた殿。折しも江戸では剣客相談人を騙る三人組の大活躍が瓦版で人気を呼んでいるという。はたして彼らの目的は？

疾《はし》れ、影法師 剣客相談人11
森詠［著］
獄門首となったはずの鼠小僧次郎吉が甦った!? 殿らのもとにも大店から用心棒の依頼が殺到。そんななか長屋に元紀州鳶頭の父娘が入居。何やら訳ありの様子で…。

必殺迷宮剣 剣客相談人12
森詠［著］
「花魁霧壷を足抜させたい」——徳川将軍家につながる田安家の嫡子匡時から、世にも奇妙な相談が来た。しかし、花魁道中の只中でその霧壷が刺客に命を狙われて…。

賞金首始末 剣客相談人13
森詠［著］
女子ばかり十人が攫われ、さらに旧知の大名の姫が行方不明となり捜してほしいという依頼。事件解決に走り回る殿と爺と大門の首になんと巨額な賞金がかけられた！

秘太刀 葛の葉 剣客相談人14
森詠［著］
藩主が何者かに拉致されたのを救出してほしいと、常陸信太藩江戸家老が剣客相談人を訪れた。筑波の白虎党と名乗る一味から五千両の身代金要求の文が届いたという。

進之介密命剣 忘れ草秘剣帖1

森詠［著］

開港前夜の横浜村近くの浜に、瀕死の若侍を乗せた小舟が打ち上げられた。回船問屋の娘らの介抱で傷は癒えたが記憶の戻らぬ若侍に迫りくる謎の刺客たち！

流れ星 忘れ草秘剣帖2

森詠［著］

父は薩摩藩の江戸留守居役、母、弟妹と共に殺されていた。いったい何が起こったのか？ 記憶を失った若侍に明かされる驚愕の過去！ 大河時代小説第2弾！

孤剣、舞う 忘れ草秘剣帖3

森詠［著］

千葉道場で旧友坂本竜馬らと再会した進之介の心に疾風怒涛の魂が荒れ狂う。自分にしかできぬことがあるやらずにいたら悔いを残す！ 好評シリーズ第3弾！

影狩り 忘れ草秘剣帖4

森詠［著］

江戸城大手門はじめ開明派雄藩の江戸藩邸に脅迫状が貼られ、筆頭老中の寝所に刺客が……。天誅を策す「影法師」に密命を帯びた進之介の北辰一刀流の剣が唸る！

剣客大名 柳生俊平《としひら》 将軍の影目付

麻倉一矢［著］

柳生家第六代藩主となった柳生俊平は、八代将軍吉宗から密かに影目付を命じられ、難題に取り組むことに…。実在の大名の痛快な物語！ 新シリーズ第1弾！

闇公方《やみくぼう》の影 旗本三兄弟 事件帖1

藤水名子［著］

幼くして父を亡くし、母に厳しく育てられた、徒目付組頭の長男・太一郎、用心棒の次男・黎二郎、学問所に通う三男・順三郎。三兄弟が父の死の謎をめぐる悪に挑む！

世直し隠し剣　婿殿は山同心1
氷月葵［著］

八丁堀同心の三男坊・禎次郎は婿養子に入り、吟味方下役をしていたが、上野の山同心への出向を命じられた。初出仕の日、お山で百姓風の奇妙な三人組が……。

首吊り志願　婿殿は山同心2
氷月葵［著］

不忍池の端で若い男が殺されているのに出くわした上野の山同心・禎次郎。事件の背後で笑う黒幕とは？　禎次郎の棒手裏剣が敵に迫る！　大好評第2弾！

べらんめえ大名　殿さま商売人1
沖田正午［著］

父親の跡を継ぎ藩主になった小久保忠介。財政危機を乗り越えようと自らも野良着になって働くが、野分で未曾有の窮地に。元遊び人藩主がとった起死回生の秘策とは？

ぶっとび大名　殿さま商売人2
沖田正午［著］

下野《しもつけ》三万石鳥山藩の台所事情は相変わらず火の車。藩主の小久保忠介は挫けず新しい儲け商売を考える。幕府の横槍にもめげず、彼らが放つ奇想天外な商売とは!?

運気をつかめ！　殿さま商売人3
沖田正午［著］

暴れ川の護岸費用捻出に胸を痛め、新しい商いを模索する鳥山藩藩主の小久保忠介。元締め商売の風評危機、さらに鳥山藩潰しの卑劣な策略を打ち破れるのか！

悲願の大勝負　殿さま商売人4
沖田正午［著］

降って湧いたような大儲け話！　だが裏に幕府老中までが絡むというその大風呂敷に忠介は疑念を抱く。東北の貧乏藩を巻き込み、殿さま商売人忠介の啖呵が冴える！

二見時代小説文庫

公家武者 松平信平《のぶひら》 狐のちょうちん

佐々木裕一［著］

後に一万石の大名になった実在の人物・鷹司松平信平。紀州藩主の姫と婚礼したが貧乏旗本ゆえ共に暮せない。町に出ては秘剣で悪党退治。異色旗本の痛快な青春！

姫のため息 公家武者 松平信平2

佐々木裕一［著］

江戸は今、二年前の由比正雪の乱の残党狩りで騒然。背後に紀州藩主頼宣追い落としの策謀が……!? まだ見ぬ妻と、舅を護るべく、公家武者松平信平の秘剣が唸る！

四谷の弁慶 公家武者 松平信平3

佐々木裕一［著］

結婚したものの、千石取りになるまでは妻の松姫とは共に暮せない信平。今はまだ百石取り。そんな折、四谷で旗本ばかりを狙い刀狩をする大男の噂が舞い込んできて…。

暴れ公卿 公家武者 松平信平4

佐々木裕一［著］

前の京都所司代・板倉周防守が狩衣姿の刺客に斬られた。狩衣を着た凄腕の剣客ということで、疑惑の渦中の信平に、老中から密命が下った！ シリーズ第4弾！

千石の夢 公家武者 松平信平5

佐々木裕一［著］

あと三百石で千石旗本！ そんな折、信平は将軍家光の正室である姉の頼みで父鷹司信房の見舞いに京へ…。松姫への想いを胸に上洛する信平を待ち受ける危機とは!?

妖《あや》し火 公家武者 松平信平6

佐々木裕一［著］

江戸を焼き尽くした明暦の大火。千四百石となっていた信平も屋敷を消失、松姫の安否も不明。憂いつつも庶民救済と焼跡に蠢く企みを断つべく、信平は立ち上がった！

二見時代小説文庫

朱鞘《あかさや》の大刀 見倒屋《みたおしや》鬼助《きすけ》 事件控1
喜安幸夫［著］

浅野内匠頭の事件で職を失った喜助は、夜逃げの家へ駆けつけて家財を二束三文で買い叩く「見倒屋」の仕事を手伝うことになる。喜助あらため鬼助の痛快シリーズ第1弾

隠れ岡っ引 見倒屋鬼助 事件控2
喜安幸夫［著］

鬼助は浅野家家臣・堀部安兵衛から剣術の手ほどきを受けた遣《つか》い手の中間《ちゅうげん》でもあった。「隠れ岡っ引」となった鬼助は、生かしておけぬ連中の成敗に力を貸すことに…。

濡れ衣晴らし 見倒屋鬼助 事件控3
喜安幸夫［著］

老舗料亭の庖丁人と仲居が店の金百両を持って駆落ち。探索を命じられた鬼助は、それが単純な駆落ちではないことを知る。彼らを嵌めた悪い奴らがいる…鬼助の木刀が唸る！

百日髷《まげ》の剣客 見倒屋鬼助 事件控4
喜安幸夫［著］

喧嘩を見事にさばいて見せた百日髷の謎の浪人者。その正体は、天下の剣客堀部安兵衛という噂が。奇縁によって鬼助はその浪人と共に悪人退治にのりだすことに！

抜き打つ剣 孤高の剣聖 林崎重信1
牧 秀彦［著］

父の仇を討つべく八歳より血の滲む修行をし、長剣抜刀「卍抜け」に開眼、十八歳で仇討ち旅に出た林崎重信。十一年ぶりに出羽の地を踏んだ重信を狙う刺客とは…!?

蔦《つた》屋でござる
井川香四郎［著］

老中松平定信の暗い時代、下々を苦しめる奴は許せぬと反骨の出版人「蔦重」こと蔦屋重三郎が、歌麿、京伝ら「狂歌連」の仲間とともに、頑固なまでの正義を貫く！